KB143090

통증연가

통증연가

지은이 | 최규목

발행 | 2020년 7월 24일

펴낸이 | 신중현
펴낸곳 | 도서출판 학이사
출판등록 | 제25100-2005-28호

대구광역시 달서구 문화회관11안길 22-1(장동)
전화_(053) 554-3431, 3432 팩시밀리_(053) 554-3433
홈페이지_http://www.학이사.kr
이메일_hes3431@naver.com

ISBN_979-11-5854-252-8 03810

이 도서의 국립중앙도서관 출판예정도서목록(CIP)은 e-CIP 홈페이지(http://seoji.nl.go.kr)와 (http://www.nl.go.kr/kolisnet)에서 이용하실 수 있습니다.(CIP제어번호: CIP2020029819)

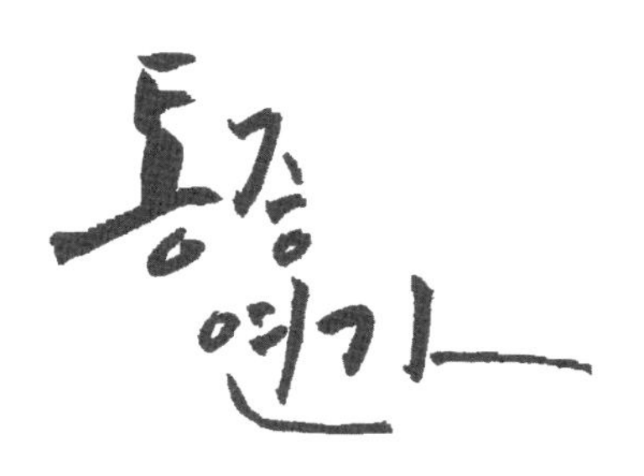

최규목 시집

學而思 | 학이사

시인의 말

담쟁이 속살을 흔드는 바람소리가 잠을 깨웠다. 창 너머 높이 뜬 보름달이 휘영청 밝다. 달 위로 무리지어 발광하는 별들도 본다. 미리내 너머 어느 별에서 그녀도 나를 비추고 있겠지. 처음 그녀를 보았던 순간이 기억난다. 내 전신은 마비되었고 말문도 막혀 버렸다. 젊은 괴테가 샤를롯데를 보았던 충격이었다. 그녀는 나와 일 년을 사귀었고, 싸늘한 시신으로 내 곁에 돌아왔다. 여름 성경학교를 마치고 인근 다방을 나오다 오래전에 맞선을 본 성도착증 환자에게 무참히 난도질당했고, 교회 청년들이 급하게 병원으로 옮겼으나 워낙 피를 많이 흘린 탓에 스물여섯 꽃다운 나이에 이승을 떠나가야만 했다.

이 시집은 그녀를 만나 사랑하고, 그녀를 떠나보내기까지 내 삶의 한때를 드러낸 시들이다. 삶이란 무엇인가? 자문도 했고, 사랑이란 무엇인가? 회의도 있었다. 그러나 이 모든 것을 접어두고라도 어쩌면 운명적으로 만나 사랑을 했고, 슬프게 떠나간 한 여인을 위하여 시인으로 살아온 사람으로 그녀를 위무慰撫하는 시집 한 권도 남기지 않는다면 이 땅에 사랑하며 살아가는 많은 청춘에게 죄를 짓는 것 같아 시집을 내게 되었다.

이 시집을 읽는 아내는 많은 인내가 필요할지 모르겠다. 주변의 많은 시인들이 늦은 나이에 이혼당한다고 시집 출간을 만류하였다. 하지만 '인간이 홀연히 세상에 와서 삶의 밭을 일구고, 그 속에 어떤 작물이 경작되는가' 는 각자의 사유의 영역이다. 언젠가는 아내를 위한 시집을 내는 그런 날도 있으리라 생각하며 아내에게 헌신을 다짐한다.

2020년 여름

최규목

차례

제1부

제2부

제3부

제4부

제 1 부

세오녀

기다리고 애태우다 굳어버린 망부석이 되지 않기로 했다

소문은 흉흉하였다 '이년이 바람을 피워 서방이 바다에 뛰어들었다, 삶이 고달파 거친 해협을 건너가 제후국의 왕이 되었다' 하루에도 몇 번씩 힘든 소문이 유품으로 남기고 떠난 짚신 속에 머물다 빠져나갔다

청어 떼가 몰려오는 까꾸리개에서 태어나 같이 자랐다
씨족*끼리 결혼한다고 어른들의 반대에도 굳세게 결혼을 했다

이별의 시간이 길수록 보고픔은 간절했고 추억은 애절했다

현해탄을 건너기로 했다 생사의 일념이 같은 터라면 두려움이 없었다 목선 한 척을 마련하여 검푸른 파도에 띄웠다 쏟아지는 태양에 오동잎으로 안면을 가리고 누군가에 의해 육신은 사방의 기운에 주물러지며 해협으로 고요히 배를 안내하고 있었다 열도의 흔적이 풍화된 남녘의 해구에서 만신창이로 쓰러졌다

눈을 뜨자 사방은 검은 무리의 새들이 모이를 쪼고 있었고, 창공으로 떼 지어 날고 있었다 서방의 놀라운 번식력과 살아 있었구나 라는 안도감에 분노와 기쁨이 붉고 푸르게 거친 피돌기를 했다

이 땅에서 서방이라는 사람은 나만의 것이 아니었다

* 전설에 의하면 연오랑과 세오녀는 같은 까마귀 종족이다.

당신의 나라〔春日斷想〕

개골물이 조올조올 소리 쉬어 흐르고
졸음 겨운 춘조는 넝쿨로 오가는데
뒤주 빨래 꺼내어 묵은 때 씻어내고
돌미나리 뜯어 지아비 밥상 차리는
춘일화폭이 당신의 나라입니까

준령 아래 외진 호두밭
종일토록 청설모가 다람쥐 쫓는
염소 벌 떼 벗삼아 풀을 매는
아득한 그 비탈진 땅이 당신의 나라입니까

고요히 집도된 가족 무덤 두어 기
이승의 기억들이 알알이 분열되어
때로는 고요하게 때로는 집요하게
오장을 갈기갈기 찢어내는
인동초 같은 세월이 당신의 나라입니까
당신의 피안입니까

연蓮

외줄 한 잎, 영토가 광활하다
펄에 뿌리박고 뭍으로 줄기 밀어 올려
우레에 아픈 잎새 청약 잎이 벌판이다
삼족오 깃발 세우고
산맥 너머 초원으로 군마 달리던 땅이다

새벽마다 펄펄 펴는 향기 진한 홍련 백련
어느 왕조가 건져 올린 우리 얼인가

줄기 위 잎사귀에 그늘이 진다

넓고 큰 잎에 요동*이 진다
백가쟁명 해법들에 분단이 울고 진다

* 요동 : 요하의 동쪽, 고구려의 옛 땅

비학준령* 묘지들

능선 감아 앉고 이빨 층층 열병한다
파인 비명 곡진 삶의 흔적이다
무덤에서 기어 나온 저 많은 이빨들
곡성 분칠하여 가지런히 누웠다

복사열에 일어나는 광분의 봉분들
'억울하다, 아쉽다'
새벽달 적막 뿌려 숨죽인다

이 막 저 막 모두가 인생의 막이다
한 막 내리면 단장된 새 막이다
비명 하나 여기 두고
저승으로 다음 승으로
쉴 새 없이 유체이탈하고 있다

인생은 끝나지 않았다
생의 곡예는 계속된다

* 포항시 신광면에 있는 산

야누스

확, 전지된
쥐똥나무 새순을 나부끼게 하는 바람에게서
출정식의 깃발부대를 본다
심산유곡의 물소리에서 슬픈 연가를 듣는다

내 마음속에서 나는
나로 인하여 광분하고
나로 인하여 침잠하고
나로 인하여 함몰된다

왁자한 시장에서 귀천을 생각하며
작열하는 붉은 고추밭에서 청매실 그늘을 생각한다
때로는 선술집 주모가
내자보다 익숙할 때가 있다

적자생존

누군가 말했어요
철길에 귀를 대면
호랑이 담배 피우던 적 이야기를 들을 수 있다고
비 갠 날, 강 위 철길 아래 누워 기차를 기다렸지요

기차는 많이 지나갔지만
기다리던 옛이야기는 들려오지 않았어요

누군가 또 말했지요
가슴을 열면 들린다고
초조해서 상의도 훌렁 벗고 기차를 기다렸지요
지나가는 차창 너머로 객승이 말했어요
"호모 사피엔스가 적자가 되었다 몽골 초원에는 맹수들이 사라지고
인간에게 길들여진 짐승만 살아 있다"고 했어요
다음 열차를 타고 가는 이가 또 말했지요

휴전선이 뚫렸어요
물었어요, 그 먼 북간도 시인이 헤던 별들은 아직도 영롱하고

정주 땅 흰 당나귀는 종족보존이 되고 있는지,
궁금해서 물어봤어요

상엿집

상여목을 모아둔 집 음산하다
상두꾼들이 자주 해체된 상여를 조립하고 있다
아래각단 웃각단에서 죽은 자는 모두 저 상여를 타고 이승을 떠났다
담배 총대를 했던 옆집 할아버지도
동네 이장을 했던 우리 삼촌도
새마을지도자를 했던 친구 아버지도
소가로 들어와 한숨으로 세월 보낸 작은 숙모도
곡소리 앞세우고 마을을 떠났다

죽음에는 위계가 없지만 소문은 흉흉하여
다음은 누구 차례, 그다음은 누구 차례라는 말들이
마을을 돌았다

상여목 나이테에는 죽은 자의 기록이 빼곡하다

나도 언젠가
살아남은 자들에 의하여 상여에 실려갈 것이다
하지만 늦게 실려가기 위하여 새벽마다 운동을 한다

누이는 저승 가서 또 살려고
새벽마다 기도를 한다, 할렐루야!

그리움 지우기

그리우면 길을 나서라
그리움에 삶이 허망하고
그리움이 애절하여 밤새 잠 못 들 때
첫새벽에 행장 꾸려 길을 나서라

등짐 가득히 그리운 사람들을 꼬옥꼬옥 챙겨 넣고
먼 길을 나서라

인절미같이 늘어진 길을 지나
낯익은 시골 토담집을 지나
햇살가지에 임을 걸어 두고
달빛가지에 벗을 걸어 두어라

비탈진 산길
솔가지 아래서는
꿈속 같은 어머니
아련한 아버님을 내려놓아라
짐들을 하나둘 내려놓으면
몸은 차츰 가벼워지고

그리움은 스펙트럼이라는 것을 깨닫노라

옛 풍경이 새 풍경 앞에서 지워지며
먼 미지가 다시 추억이 되어 그리움이 되듯
먼 길 지나서 되돌아보면
옛 그리움은 새 그리움 앞에서
그냥 지고 마는 아득한 추억이 되는 것을

포항

벅찬 환희로 심장이 고동치는 날에도
절망으로 성곽 위의 별을 헤는 밤에도
파도는 언제나 고래 등을 타고 밀려와
절벽에 부딪치며 멀어지곤 했다

님이 오신다기에
님이 먼 곳에서 오신다기에
바람이 멈추는 날, 정갈하게 그곳으로 나가
광년 너머 아련한 등댓불만 보았다
기다림은 외눈 민어의 연가가 되어
내 마음을 언제나 슬프게 하고

저 먼 지평선에서 포구로 배가 들어오면
개벽의 첫 밤 같은 시간이 반복되는 곳
오늘도 외로운 등대 하나가
고요히 도시의 지평을 세운다

순이는 무얼 할까

산새도 꾀제배배 하지 산 능선
청산이 묵도하는 칠부 산마을
청상에 물레 타던 순이는 뭘 할까

누이야, 청산 가자

누이야 청산 가자
해진 내의 입고, 고뿔을 달고
장에 간 엄마 진종일 기다리던
네 삶과 내 삶이 함께 포개지는
아련한 마음의 영토, 누이야 청산 가자

누이야 청산 가자
주린 배 채우려고 도토리, 알밤 찾아 산속을 헤매고
이름 모를 새 호기롭게 바라보던
풀벌레, 식물 채집하던 어린 그 시절
생각할수록 가슴부터 먼저 아려오는
네 삶과 내 삶의 절반이 겹쳐지는 곳
누이야 청산 가자

누이야 청산 가자
송아지 토막 울음 내고
뒤편 장독대 햇장이 익는
피마자기름에 풀빵 부쳐주던
어머니의 영혼이 머무는 너와 나의 영토

누이야 청산 가자
청산에 살자

봄은 버리라 한다

육신의 때를 밀고 목욕탕을 나선다
고물 적치장에 겨우내 멈추었던 크레인이
고철 덩어리를 찍어 옮긴다
식당가를 지나니 쥐똥나무에 봄기운이 돋고 있다

길을 걷노라면 바람이 제법 훈훈하다
식당 앞 창문에 붉게 쓰인 동물들의 수많은 부위들이
인간인 것을 초라하게 한다
막창 대창 안창살 닭똥집에 도리탕

봄은 왜 이다지도 살아 있음을 부끄럽게 할까
육신의 때를 밀고 마음의 때를 밀면 무소유가 될까
육신이야 태워지고, 묻어지고
흙으로 돌아가면 제 생애 끝나지만
살아생전 마음의 욕심을 버리면서 살 수 있을까
길을 건너 무의식중에 패밀리마트에서 복권 2장을 사고
식당에 들러 밥을 먹는다
일상의 움직임이 소유욕인데
버리면서 살아갈 수 있을까

죽는 그날까지 욕심을 쫓다가 허망하게 이승을 떠나거늘

봄은 버리라 한다

훈풍에 모든 것을 버리라 한다

아침

머-언, 천리 설원 회노루 울고
어둠이 자리 펴는 적벽 산마을
사춘기 소녀는 성장통 앓고
등 너머 고지기 해소 멈추니
아침은 좀 더 가까이 왔나 보다
미동과 태동 사이 여명이 더디고
붉은 양철교회 첨탑의 종소리가
물감처럼 고요히 퍼지다 밀려오면
적막이 물러난 자리
울컥 아침이 오더라

윤태사

운주 구봉 아래 장군묘* 한 기
고요가 적적하여 천년토록 고독하다
주변도 닮아있어
저 노송
고독이 결연하다

* 장군묘 : 파평 윤씨 중시조, 고려 초의 개국공신 윤신달의 묘

전생

공원 벤치에 낙엽처럼 내려앉는 노파들
지하철 출구로 쏟아지는 군상들
투우장을 빠져나온 저 광기들
발광 조명 아래 오고 가는 젊은이들

저들 모두에게 전생이 있었을까
전생에서 무엇을 했을까
어린 나이에 명성을 얻은 운동선수는
전생에 무엇을 했을까
한 백 명 사람을 구조한 인명 구조원이었을까

몸짱에 매너짱, 돈짱 남편을 둔 저 여자는
전생에 우리의 테레사였을까

수려한 외모로 모두가 부러워하는 아내를 얻은
저 볼품없는 사내는 전생에 성형외과 의사였을까

젊은 날에 한 여인을 지키지 못한 나는
전생에서는 무슨 죄를 지었을까

세상에 가난하고 병든 자들아
이 땅에서 고단함을 한탄하지 마라
한 막이 지나가면 다음 막이 나오듯
한 생도 가고 나면 다음 생이 오려니

나비

먹구름이 지나간 서녘
새털구름이 가득하다
나비 한 마리 앵두 꽃분 핥고 있다
나비는 선한 일을 해서 나비로 환생했을까
악한 일을 해서 나비로 환생했을까

제 2 부

불효자

초저녁잠 많던 어머니는 잠 깬 뒤
달 뜨는 밤마다 자식을 기다리며 고층 베란다를 내려다보았지요
달빛 아래 희미한 물체가 비틀비틀 집을 못 찾고
이 통로에 들어갔다 나오고
저 통로에 들어갔다 나오고,
마지막 통로로 또 들어갔다 나오고
"에휴, 뉘 집 자식인지 부모 속이나 썩이겠군 하고 혀를 찼는데 마지막에 올라오는 것을 보니 내 자식이더라"
어머니 그 말씀에 불효자는 울었지요
하관하는 장지에서 목 놓아 울었지요
하늘도 통곡하여 일주일 내내 장맛비를 쏟아부었지요
관을 넣으려고 파낸 웅덩이에 황토물이 흥건히 고였지요
남의 속을 모르는 시골 노인은 "저리 서럽도록 우는
자식이 어디 있나, 참말로 효자다"라고 칭찬을 했지요

"어머니, 관 속으로 물이 스며들지나 않습니까"
가끔 찾는 산소에서 불효자는 안부를 묻습니다
굴뚝새 한 마리가 인근 밤나무에 날아와 당신의 화신인 양

"괜찮다" 라고 대답하네요

서른 즈음에

장수하늘소 늙은 느릅나무 속살 파는
성벽 아래 는개 숲에 그 비 내려
천 년 전에 내리던 비 지금도 내려
흑마 타고 갑옷 입고 창검 겨누던 혼령들이 비가 되어 내려
곰삭은 늪에서 세상으로 나왔다
엷은 지식은 사막광풍에 풀 친 휴지였고
넓은 세상 먹을 갈아 칠하기엔 힘이 부쳤다

성곽 위에 바람 불어 미루나무 죽궁처럼 휘어져 흔들리면
휘어짐이 인생이다 알 것도 같건만
갈기 영혼으로 목로주점 술을 빚어
성급한 내일과 정제되지 않는 홍분과
걷히지 않은 불안을 잔에 녹여 털어 넣고 일어나
성곽을 오르고 또 올랐다
천 년 전에 나를 닮은 장졸처럼 포효하며 일어나
작은 주삿바늘로 세상을 주입하다 쓰러지고

완성이라는 것은 결국 이룰 수 없는 미완성이라는 것을
밤새 타고 간 종착역의 풍경에서 찾았다

그분 얼굴

삼베 바짓가랑이에 절망을 접어 넣고
무논 들어서는 저기 저 농부
유년의 그분을 너무 닮았다
세상 모든 시름, 담배 연기로 토해내니
가난이 바람 타고 들판으로 울껵 퍼진다

민들레 늙은 꽃이 계절 따라 지는데
대추밭 나뭇잎은 무성히 푸르다

허리 펴고 고개 드는 골 깊은 저 주름
묻지 마라, 인생 여정을
얼굴이 자서전인데

가난

비 그친 아침
오리 여섯 마리 자갈무지에 부리 박고 모이 찾는다
오늘은 닷새 장날, 무 속살에 자식 셋 포개 넣고
배춧잎 사이사이 병든 어미, 찌든 아내 끼워 넣고
리어카 끌고 장에 간다

초우에 불어난 물
양말 대님 벗어 주머니에 꾸겨 넣고
리어카 세게 끌고 물을 건너면
아버지 내려와 힘내라 힘내라 미안하다 하신다

배추 팔고 무 팔아 보리쌀 석 되, 멥쌀 한 되
자반고등어 한 손 사서 돌아오면
아내, 눈물 콧물 쏟아내며 밥상 차린다
보리밥 한 술에 고등어 한 점 입 속에서 씹히면
방 안 가득 웃음이 호롱 연기로 퍼진다
화롯불 피워 홑이불 덮고 누우면
아버지 연기 타고 올라가시고
내일은 절망도 희망 되는 새날이 오겠지

홍매화

산 뜨락에 핀 홍매화에게 꾸벅 절을 한다
푸주 주막에서 밤새 누룩으로 빚은 술을 마시고
홍안으로 매화를 대하니 진한 동류애를 느낀다
코끝을 가만히 꽃봉오리에 대어 본다
진한 향기가 콧속을 타고
목줄기와 창자를 거쳐 항문까지 퍼진다
잔설을 타고 만산에 퍼지니
만물들이 놀라 동토의 어둠 속에서 엽록의 새순을 내민다

매화이고 싶다
한 그루 홍매화이고 싶다
젊다고 망아지처럼 날뛰지 않고
늙었다고 어물전 북어처럼 뼈와 살이 찰싹 달라붙지 않는
향기 진하게 배어나는 한 그루 매화이고 싶다
진한 향기가 사람들의 가슴에 실핏줄처럼 전해져
가슴, 가슴을 붉게 물들이는
향기로운 한 그루 홍매화이고 싶다

봄

앵두 꽃분 날리는 사월 강마을
꼬리 잘린 열차는 안개 레일로 사라지고
강 건너 절벽성에 까막까치 울면
봄은
확 내 가슴을 연다
굳어버린 간에 윤기가 흐르고
천길 애涯는 피돌기를 한다

풍계리 고요

초가을, 가로수 고요하다
푸른 옷 벗고 노랑 주황 선홍으로 갈아입는다
전선 너머 당나귀 산, 지하갱도 수소폭탄 실험
광분이 산처럼 쌓였다 가라앉은 주말, 남쪽이 적막하다
'아니라고 했던 가상이 현실이 된 상실감'
모든 이들의 말문을 닫았다
요란하던 전파도 네 탓 내 탓 없이 고요하다
'두렵다' 한 방에 수백만 생명이 흔적 없이 사라진다

나무, 두렵다
내 몸에서 떨어져 나간 저 낙엽
시체처럼 뒹굴다 어느 수수밭에서 족보 지울까
겨울나목 제 몸 상처 내며 바람에 이 가지 저 가지 끌어안는다
'겨울 지나면 봄이 온단다, 떨어져 나간 인연 지우고
파릇파릇 새순을 돋우자꾸나' 함께 바람 이기며 겨울 난다
낙엽 지우고 나이테 하나 더 늘인다
풍계리의 검은 뭉개탄이 쏘고 간 자리도
나무처럼 철 바뀌면 새순 피울까
부활할까

하루

물버들 섶 위로 나래 펴는 물수리들
물 아래 물길 따라 새물 먹는 물어 떼들
강의 아침은 미동에서 오더이다

산맥 너머 산 너머 혼멸하는 저 태양
세상의 하루는 그렇게 지더이다

생성하는 것은 소멸한다는 진리를
반복하는 아침이
반복하는 저녁이
아니라고 일깨워 주는 하루입니다

하루가 퇴적된 강 끝에 가면
너와 나는 어떤 자화상일까
두려워지는 하루입니다

북성로에서

땅거미 지고 어둠의 거리에
별 같은 알전구가 하나둘 켜지면
그대 건너오오, 거슬러오오, 연어의 몸짓으로 건너오오
밀림의 어귀에서 유적이 쌓이고
마침내 전설이 되어 새살이 돋는 골목으로
언어가 다른 이국의 한 무리들이 지나가고
또 한 무리들이 이 골목 저 골목으로 휘저어 지나가는 곳
그대 건너오오
추억의 먼지가 쌓인 흙더미 위로 새순이 피어나고
우리, 이 밤이 지기 전에
추억 하나 만들면
골목은 결국, 역사가 되는 이곳
그대 쉬지 말고 건너오오
밤이 부르는 추억의 농 깊은 강으로

다문화

벚꽃 한 송이가 홀로 피어 화사할까
가지 사이사이 헤집고 함께 피어
천지의 봄을 화사하게 밝히네

개나리 한 가지가 외줄 피어 샛노랄까
넝쿨 넝쿨이 길 따라 밀착 피어
노랑 천을 펼치네

색깔 다른 얼굴도 국적 다른 얼굴도
여기서는 구별 없이 함께 사는 사람들
꽃이 되어 화사하고 꽃이 되어 진노랗네
다르지만 같이 피어 더불어 살아가네
함께 살아가니 온 산하가 화원이네

초춘

신천에 봄이 오니 개나리가 화사하네

계절 없는 그 얼굴 자나깨나 걱정되어

그 집 앞 지나가니 서럽도록 눈물나네

누이를 보내며

인간의 목숨은 누가 정하나
정한 그이를 원망하며 삼베에 누이 말아
바소쿠리 지게 지고 산으로 간다
인연으로 쌓인 한을 목발 장단 상엿소리로 구절구절 토해내니
구천 가던 누이가 '가기 싫다, 살려 달라' 애원한다

야속한 세월이다
장기를 파고드는 병마를 이기지 못하고
그 어린 영혼은 이 땅에 빛나는 흔적 하나 남기지 못한 채
지독한 가난에 쓰러지고 말았다

새끼 여우가 달 보고 운다는 여우골을 지나
두견이 슬피 우는 칠부 산기슭에
짧았지만 무거웠던 한생을 내려놓고
이승으로 돌아오는 그 길은 눈물이 앞을 가려 길을 막는다
옷소매로 손등으로 닦으면서 걸어보지만
그럴수록 흐릿해서 걸을 수가 없다

저 하늘 별같이 다른 생이 또 있다면
제발 누이야, 거기서는 울지 말고 웃으면서 살아라

감정 낙서

이별을 생각하면 사랑할 수 있을까

끝없이 너는 나의 감정에 들어와

때로는 지순하게, 때로는 불길같이

흔들리는 꽃이 되어 유영하고 있구나

동백, 부활하다

이사를 갔다
아파트 앞 정원에 동백 거수목이
잎도 못 피우고 여름 내내 죽어있다
조경업자에게 전화를 해서, 하자 식수를 부탁했다
업자가 하는 말 "죽은 것 같지만 살아있다"라고 한다
죽은 것 같지만 살아있는 것이 어찌 동백뿐이랴!

가을이 갔다, 겨울도 가고 봄이 왔다
업자의 말처럼 동백은 다시 살아나
검붉은 꽃도 피우고 잎도 싱싱하다
Q도 저 동백처럼 살아나기를 간절히 바랐다

산속에서

등을 구부려 산맥이 산을 품고 있다
시원에서 끝없는 굉음은 굽은 산허리를 펴게 하고
안개는 밤마다 산에서 마을로 내려와 잠들고
새벽이면 다시 산맥을 넘어갔다

생명들은 저마다 산속에 집을 짓고 산다
저 많은 생명들은 삶과 죽음이 같지 않다
태어남이 다르듯 죽음 또한 다르다
평생을 같이 살아온
저 늙은 잉꼬부부도 예고 없는 이별을 알까, 모를까

뻐꾸기 소리

적막강산에 뻐꾸기가 울고 있다
진종일 울고 울어 눈물이 환이 되고
목젖이 떨리면서 알알이 뱉어내니
산맥, 유곡마다 바람도 고요하다

뻐꾸기는 왜 저리 슬피 울까
알을 버린 죄의식에 저리 슬피 울까
부화된 지 새끼 궁금하여 저리 울까
어미 두고 이승 떠난 수많은 불효자들
그들의 처지를 대신하여 슬피 울까

뻐꾸기가 울고 있다
주변 미물도, 풍경조차 슬퍼지는
적막강산의 뻐꾸기 소리

제 3 부

이 땅에 흔적 하나

1

'고령군 성산면 사부리 산 801 교회 공원묘지'
그녀가 육신을 묻고 하늘로 간 곳이다

시장 꽃집에서 백장미 스물여섯 송이를 샀다
내 가슴에 그녀는 스물여섯 그대로다

묘지로 올라가는 산길
무리지어 찔레꽃이 소복하고 있었다
팔부 능선, 능선마다 성도의 무덤들
그중에 초라한 무덤 하나, 금낭화가 지천으로 피어
그곳을 지키고 있었다
삼십 년 만에 찾은 묘비는 '聖徒 ○○○之墓' 라고
선명하게 안내하고 있었다
이 땅에 그녀가 다녀간 흔적이다

삶이란 무엇인가
서로가 인연을 맺는 것인가

죽음이란 무엇인가
서로가 인연을 끊어내는 것인가

2
그녀는 내게 말했다
삼십 년 만에 무얼 하러 왔느냐고,
이 고산孤山에서 적막의 숱한 밤을 지새우며
이제나저제나 기다렸다고
늦게 온 나를 원망하고 있었다

3
밤이 왔다
침낭 속에 몸을 밀어 넣고 그녀 곁에 누웠다
이승, 저승인끼리 동침인가
별들이 반짝이고 있다
내가 지어준 Q라는 별자리가
오늘따라 유난히 빛을 발한다
먼 산 고요가 뒷산으로 내려오고
바람이 휭 지나간 묘지에 벌레도 깊이 안면하고 있다

Q와 나는 삼십 년 만에 만나 많은 이야기를 나누었다
아내와 자식 이야기를 하다 대화가 끊겼다
가족의 안부를 물어와 대화가 또 끊어졌다

나는 그녀에게 지옥과 연옥, 천국 가운데
어디에 있느냐고 물었다
'천국' 에 있다고 한다
내가 만약 지옥에 떨어지면
천국으로 인도해 줄 수 있느냐고 물었다
하나님을 믿으면 된다고 한다
천국에 가면 함께 살 수 있느냐고 물었다
대답을 하지 않았다
아침에 일어나니 엉겅퀴가 부끄러워 고개를 숙인다
산을 내려오려 짐을 꾸린다
동박새 한 마리 오리나무에 날아와 꼬리를 흔든다
산길을 내려왔다
소복하고 웅크렸던 찔레꽃도 화사하게 피어
길을 안내하고 있었다

목련꽃 눈물

1

꽃이 지고 있습니다
목련꽃이 지고 있습니다
활짝 핀 꽃송이도 피지 못한 꽃봉오리도
이른 봄비에 뚝뚝 떨어지고 있습니다

꽃잎은 떨어져 검붉게 변했다가
흔적도 없이 사라집니다

그녀는 한 송이 피지 못한 꽃봉오리였습니다
스물여섯, 꽃다운 나이에 내 가슴에 떨어진
꽃봉오리였습니다
흔한 이름이지만 결코 흔치 않은
내 가슴을 검게 태워버린 Q라는 여인입니다

2

이른 봄, 달도 없는 밤
하늘에는 별, 땅에는 목련꽃입니다
꽃이 어둠을 삼켜 사방이 온통 밝아졌습니다

먼 나라 은하수도 꽃잎에 내려와 편안히 잠을 청합니다
만상이 잠든 시간, 별이 품을 수 없는 꽃봉오리 하나 있어
그것이 Q였습니다
내 가슴에 져버린 Q였습니다

3

이른 봄 꽃잎도 꽃봉오리도 떨어져
봄비에 흔적 없이 사라집니다
꽃이 지면 나무에는 새순이 돋고, 잎이 짙푸르게 자라다가
낙엽을 떨구고 추위를 이겨내고, 꽃으로 필 것입니다
윤회하듯 탐스럽게 피었다 질 것입니다
나는 차디찬 겨울 나목 앞에서 무릎 꿇고 두 손 모아
Q가 피어나기를 간절히 기도합니다

4

사람들은 강 위에 다리를 놓고
길을 내며 오고 가는데
이승과 저승은 왜 다리가 없을까요
완두콩을 심으면 저승 가는 사다리가 될까요

이승과 저승을 오고 갈 수 있을까요
신이여, 제발 다리를 주소서
오작교 같은 다리를 주소서
밤마다 목련 아래서
안구에 안개꽃이 필 때까지 간절히 빌어봅니다

5
목련꽃 향기에 잠이 깨었습니다
활짝 핀 꽃들 속에서 피지 못한 꽃봉오리를 찾습니다
애처로운 꽃봉오리를 찾아 가슴에 품고
눈물 자양분을 만들어 꽃을 피워봅니다
그러면 꽃은 활짝 피어, 어둠의 깊은 밤을 밝힐 것입니다
내 마음을 환하게 밝힐 것입니다

만남

1

청라 넝쿨이 지붕을 뒤덮어
풀밭이 되어 버린 산마을 원호주택
초인종을 눌렀으나 인기척이 없어 돌아서는데
생머리 고운 아가씨가 철문을 열고 나왔다
그 순간, 발바닥에서 머리끝까지 전류가 흐르고
심장이 빨라지며 얼굴이 온통 붉어졌다
홀린 듯 멍하다가 몸을 추슬러 내려오는 산길
이팝나무 꽃밥을 보며 뛰는 심장을 진정시켰다
저 여인이 있어 삶이 행복하다

2

떨리는 목소리로 전화를 했다
그녀에게로 향한 유선조차도 떨고 있었다
J다방 2층, 커피 향과 담배 연기가 천장에서 엉키어
묘한 이질감으로 삭아지고
종업원이 왔다, 갔다 우리의 대화를 단절시켜도
끊어질 듯 애절한 대화를 이어가고 있었다

3

천장의 알전구가 흐릿한 불빛을 발하는 다방을 나오자
거리의 가로등도 하나둘 꺼지고
우리는 서로에게 의지하며 끌림과 흥분으로
인적이 사라지는 거리를 걷고 있었다
서로에게 흔들리며 걸어가고 있었다

4

관성만으로 그네가 흔들릴까
설렘의 장력으로 그네가 흔들리니
장력의 크기 따라 가볍게, 무겁게 흔들리니
달빛 없는 인시, 별똥별은 꼬리를 자르며 산허리로 사라지고
운동장, 그네에 앉아 우리는 서로에게 흔들리며
아이스크림을 먹고 있었다
한 번 먹으면 한 번 흔들리고
두 번 먹으면 두 번 흔들리며
서로에게 익숙하게 삼켜지고 있었다
속삭이면서 사랑은 흔들리며 먹는 아이스크림이라 칭하였다
미열은 있지만 달콤함만 있을 줄 알았다

사랑이 절구통에 알알이 빻아지고 부서져
한 톨의 쌀알로 되는 데는 긴 시간이 필요치 않았다

5
군부대의 취침나팔 소리가 적막을 깨우고
은하수가 머리 위로 쏟아져 내리는 밤
까마귀 떼가 은하수를 힘들게 지탱하는
우주의 향연을 보며
우리는 소류지 제방에 앉아 서로의 입술을 탐닉하고 있었다
어둠은 지상의 움직이는 모든 것들을 정지시켰고
부엉이도 먹이 사냥을 중지하고
우리들의 생물학적 당김을 지켜보고 있었다

이별

1

생일 선물로 하이힐을 지어 주었다
신발이 잘 맞는다고 어린애처럼 좋아한다
장맛비가 주룩주룩 진종일 내리던 날
그녀는 고단한 일상을 내 하숙집에 내리고
혼곤히 잠에 빠져 있었다

어둠은 소리 없이 다가왔고
나는 진흙이 덕지덕지 붙은 그녀의 하이힐을
젖은 걸레로 닦아내고 있었다
그녀의 입술을 핥듯 하나하나 닦아내고 있었다
그녀의 맑은 영혼에 붙은
이 땅의 찌꺼기를 깨끗이 뜯어내고 있었다

2

칼을 맞고 병원으로 실려 가던 날
내가 지어준 신발은 다방 난간에서 떨어져 피 묻은 채로 뒹굴고
우리들의 아름다운 기억도 이승과 저승으로 갈라져

서로에게 멀어지고 있었다
성경 갈피는 바람에 속도를 내며 주기도문을 외우고
음절 음절이 피 울음이 되어
끊어지고, 찢어질 듯 울부짖고 있었다

죽음

1

교회 앞 2층 다방 난간
칼자국을 전신에 맞고 그녀는 이 땅을 떠나갔다
이슬처럼 왔다가 바람처럼 떠나갔다
들풀처럼 피었다가 말라버렸다
언덕 위의 작은 교회에서 어린 새싹들에게 복음을 전파하다
요단강 건너 천국으로 갔다
홀어머니는 실신하였고 어린 동생들은 통곡하는데
쓸쓸히 홀로 이 땅을 떠나갔다
주여, 그를 데려가기에는 이 땅에 슬퍼하는 자들이 너무 많습니다
때가 아직 아닌 것 같습니다
그녀를 보내 주세요, 가족들과 저에게

2

재건축으로 영안실도 없는 시립병원 수의실 공터
노천 진흙 펄에 거적 하나 덮고, 고통스레 누운 Q여
핏자국도 닦지 못하고, 수의조차 입지 못하고
비에 젖고, 피에 젖은 꽃무늬 원피스 하나 입고

속살 드러난 몸으로 통곡하는 숱한 인연을 두고
너는 기어이 가고야 마는구나

3

경찰이 왔다
나를 범인으로 지목했다
극한 슬픔에 격한 분노가 겹치니 오히려 마음이 침잠하다
감정의 뇌는 아마도 하나인가 보다
형사가 취조실에서 심문을 한다
그녀와의 만남에서 죽음까지 모든 것을 고백해야 했다
A4 규격의 갱지에 형사는 띄엄띄엄 내가 부르는 대로 타자를 쳤다
25장의 조서, 질문 없이 받아 치는 형사
"형사 생활 20년에 상대가 부르는 대로
이 많은 분량의 조서를 꾸민 것이 처음이다"라고 한다
취조실을 나오니 이승을 떠나지 못하는 Q가 초승달이 되어
희미하게 나를 비추고 있다
이제 Q가 없는 세상, 살아갈 자신도 의미도 없다
슬픔이 울컥울컥 체내에서 끝없이 솟구쳐

눈물샘이 마르도록 격한 염분을 토해 내었다
경찰서 담장 밑에서 한없이 울었다
새벽, 줄장미도 함께 울어 주었다
나도 장미도 전신이 붉어졌다

그대 영혼 어디에

그대 영혼 어디에 있나요
시들어진 응급실 화분 속에 숨어 있나요
장기 한쪽에 매달려 '살려주세요!' 빌고라도 있나요
병원 마당에서 기도하고 찬송 부르는 교우들에게
애원하고 있나요
울부짖는 가족과 나에게 떠나가기에 너무 억울하다고
통곡하고 있나요

이 땅에 너를 아는 모든 자
네가 아파, 너무 아파 불멸의 밤을 지새울 때
삶보다 죽음의 유혹이 더 강해 올 때
너를 향해 희망의 메시지를 준 적이 있더냐
그래도 죽지 마라, 제발 죽지 마라, Q여
지난 삶이 고달파도
그 삶에 안개 걷히고 또다시 태양이 떠오르듯
그대는 아직 젊고, 희망도 있으리
제발 죽지 말고
살아서 돌아와라, Q여

죽음이란

유교에서 말하듯
그대가 죽어 내가 사는 이 땅
나는 어찌해야 하는가
혼이 날아가고 넋이 흩어진 그대를 잡으러
스물여섯, 그대의 체취가 밴 원피스를 들고
지붕 위에 올라가 혼을 불러와야 하는가

불교에서 말하듯
'죽음이란 한 조각 뜬구름으로 스러지고
삶이란 한 조각 뜬구름으로 일어나는 것'
선한 너는 선업으로 인하여 극락에 가고
악한 나는 악업으로 인하여 축생으로 태어난다면
너와 나, 이승이든 저승이든 만날 수 없는가
그렇게 산다면 삶의 의미가 있는가

어찌해야 하는가
성경에서 말한 대로 육신은 썩어 없어지지만
영혼은 하늘나라에서 영생한다고 믿어야 하는가
시신 앞에서 눈물 보이지 않고

하나님 곁으로 너를 보내기 위하여

찬송 부르고 기도해야 하는가

부활을 믿어야 하는가

소중한 것은 너와의 이별이 아니라 다시 재회하는 것이지

만나서 백년해로하는 것이지

청라언덕*에 올라

Q도 가고 백합도 떨어져 버린 언덕에 올랐다
붉은 벽돌에 매달린 담쟁이가 창연하다
담쟁이는 벽을 타고 오를수록 잎이 더 싱싱하고 푸르다
심연의 굵은 물관부에서 물을 빨아올려
끊임없이 잎으로 보내기 때문이다
저 붉은 벽돌 교회는 알 것이다
한때는 서러운 식민의 아픔이 폭발하는 언덕으로
한때는 순례자의 고난의 언덕으로
또 한때는 절망의 청춘들이 좌절하여 오르는 언덕으로
저마다 다른 아픔을 간직하고 오르는 언덕이다
밤새 울고 기도하고 찬송하다 이 언덕에 올랐다
먼 산동네로 눈길이 간다
우리들의 신혼집을 찾아 헤매던 건물도
저 멀리 쪽방촌 어디엔가 있을 것이다
그와 나의 꿈은 참으로 소박했다
느티나무와 감나무가 있는 한 집으로 시선이 간다
저기 어디선가 신혼집을 얻고 연탄불을 갈며
남들처럼 작은 꿈을 만들어 가기를 약속한 곳이다
이제 모든 꿈은 사라졌다

훗날 가끔은 이 언덕에 다시 올라 그때를 추억할 것이다

* 청라언덕 : 대구 동산병원 옆 언덕(이은상 작사, 박태준 작곡의 '동무생각' 에 나오는 언덕)

잘 가거라

바람이 멈춰 버린 칠월 스무날 더위
검은 예복을 입고 교회 청년들과
상여를 메고 산을 오른다

밤안개를 헤치며 흘러온 강물이
꾸역꾸역 모래성을 허무는 강나루를 건너 산을 오른다
산등성이에 핀 천국(패랭이꽃)이 너의 흔적인 것 같아 눈물이 난다
선홍색의 빛깔이 너의 잔영인 것 같아 자꾸자꾸 눈물이 난다
바람에 흔들리는 작은 잎이 작별의 손짓 같아 따라 흔들어 주었다
검은 옷을 입은 조객들이
너를 천국으로 보내는 기도를 한다
잘 가거라,
그리고 이 땅의 모두를 저주하여라!

강을 건너오며

천년 빗물이 바위를 해체하고
해체된 몸속에 절망의 벽이 선다
건너야지, 시린 발목 일으키고
어금니를 깨물며 바람 헤쳐 살아온 날들
새 떼가 깃을 내린 강가엔 아직 온풍이 없다
차디찬 바람이 전신을 떨게 하고

Q를 흙으로 보내고 내려오는 산길
강은 극명함으로 존재하고
(건너간 강/건너온 강)

산천이 울어 물길을 내고
강도 더불어 더욱 울었다
인연의 끝이 보내는 것이라면
눈물을 삭이고 강을 건너야지

다시, 사랑할 수 있을까

1

다시 누구를 사랑할 수 있을까
생의 마감까지 그대 품에 안식하기를 바랐거늘
그 품에서 사랑이 종결되기를 바랐거늘
이제는 무너져 절망이 되었네
창조주가 인간을 만들 때 남녀가 본디 하나였거늘
먼저 남자를 만들고, 그 뼈를 취하여 여자를 만들어
서로를 갈라놓았거늘, 그래서 끝없이 접합을 갈구할까
호수 같은 눈으로 바라보게 하고, 향기를 흡음토록 하고
타액을 교환하며 입술로 하나 되게 하고
날입과 들입, 흡입과 몰입으로 번식토록 하였거늘

2

성에 눈을 뜨고 절반의 나를 찾아 헤매던 기억들
십 년 갈망 끝에 일 년을 불살랐네
다시 누구를 사랑할 수 있을까
네가 없는 이 땅, 삶이 의미가 있을까
내가 죽어 네게로 간다면 하나님은 기회를 주실까
너는 너대로 나는 나대로 태생에서 죽음까지

알알이 죄를 찾아내어 심판하실 거야
우리 다시는 만나지 못하게 하실 거야

소쩍새

소쩍새가 울고 있다
이승과 저승을 오가는 어둠의 숲
어디에선가 소쩍새가 울고 있다
지축을 관능하며 빚는 소리가
망각의 깊은 잠을 깨우고
절규로 보낸 인연들의 메신저가 되어
끊어질 듯 이어지는 애절한 소리를 전해오고 있다
밤은 반복되는 떨림으로 깊어가고
그리움을 억제할 수 없어
소리의 근원에서 그를 만난다
왜일까, 서럽고 질긴 울음을 밤 깊도록 울어주어
소리의 근원에서 만나도록 하는 연유가

내가 죽어 탑이 되고 싶다
이승을 떠나가는 어둠의 숲속 어디에서
탑신 위로 철심을 길게 세우고
그리움을 교신하는 그런 안테나가 되고 싶다

갈 수 있을까

저승 가는 길은 돌부리도 많은데
찢긴 버선 꿰어 신고 갈 수 있을까

저승 가는 길은 살을 에는 엄동인데
무명 삼베 말아 입고 갈 수 있을까

저승 가는 길은 굽이 협곡마다 도적떼인데
겁 많은 그녀가 넘어갈 수 있을까

저승 가는 길은 머나먼 날밤인데
주먹밥 하나 없이 건너갈 수 있을까

저승 가는 길은 걸인도 많아
만나는 사람마다 퍼 주고 싶은데
동전 한 푼 없이 넘어갈 수 있을까

홀로 가는 길

홀로 가는 길은 너무 외로워
이승 뻐꾸기도 따라오면서
힘든 고비마다 울어 주네요

노을로 넘어 가는 붉은 그 길은
기러기 떼 무리 지어 날갯짓하며
앞서거니 뒤서거니 길라잡이 하네요

접동 그대

두리벙 두리벙네 해 질 녘에
조잘조잘 동박새는 대숲으로 내려와
이곳저곳 오가며 방정을 떨어요
억울하게 일찍 죽은 임이 환생해
대나무 가지에 부리 쪼네요
한 번 쪼면 하루가 원통하고
두 번 쪼면 일 년이 원통하고
세 번 쪼면 십 년이 원통한 듯
대나무 마디에 부리 갈아서
자꾸만 쪼아 대네요

제 4 부

지상연가

1

통증 없이 영그는 사랑 있더냐
슬픔이 통증 되어 사랑이 되고
기다림이 통증 되어 사랑이 되고
별리別離도 통증 되면 사랑이 될까
이승 저승 애틋하면 사랑이 될까
헤어지면 보고 싶어
일 년에 단 한 번 만날 수 있을까
견우와 직녀처럼 만날 수 있을까
만나면 그 불같은 사랑, 다시 할 수 있을까

2

스펀지 베개 돌려 베는 겨울 긴 밤
밤새 그곳에 서리 내리면
헐벗은 무덤에 냉기 들까 봐
잠 못 들고 이리저리 뒤척거리다
새벽 산에 홀로 누운 너에게로 간다
때로는 베틀에 작대 허리 세우고
한 올 한 올 두껍게 양탄자 짜서

차가운 무덤을 온기로 감싼다
이 땅에 두고 간 슬픈 흔적이
비바람 눈보라에 사라질까 봐
고이고이 보듬어 이불로 감싼다

3
그리움이 사무치는 그런 날에는
새벽마다 숱하게 홰를 치다가
돌아누운 아내에게 들킬지 몰라
솜이불 덮어 쓰고 숨도 죽이고
베개 청이 흠뻑 젖게 울어도 본다

4
몸은 이승, 영혼은 저승에 있는 사내
육신과 영혼이 하나일 수 없는 사내
건너갈 수 있는 다리도 없고
날아갈 수 있는 날개도 없어
천상을 쳐다보고 통곡하는 사내

5

창가에 앉아 그리운 이에게 연서를 쓴다
송곳으로 찔린 듯한 찌릿함을 필 끝에 담아
너를 향한 사무침으로 편지를 쓴다
빗물을 가득 먹은 낙엽은 눈물처럼 뚝뚝 떨어지는데
북받치는 감정의 그 많은 기억들
너로 인하여 억제할 수 없는 기쁨과 슬픔들

사랑아, 너에게 묻노라
내 삶의 전부는 너로 인하여 주어지고
너로 인하여 빛나고 너로 인하여 의미가 부여되는 것을
사랑아, 너에게 다시 묻노라
정염으로 불타는 노란 은행나무 숲길을
그녀와 함께 걸어갈 수 있을까
갈 수 있다고 답해다오
슬픔으로 결장된 내 심장을 어루어다오

6

여보, 당신 그만 잊어

다들 연애 따로 결혼 따로
범죄지만 그렇게 살아가고 있어
삶과 죽음이 한 끗발 차이야
그 여자가 불쌍하지만 남들 다 죽는데 좀 일찍 갔을 뿐이야
시집을 읽어보는 아내가 그렇게 말할지도 모른다

천상연가

1

불쌍하사, 님께서 미리내 너머 별 하나를 주셨다
별에서 아물한 지구를 본다
임도 저기 살고 있겠지
나를 생각하며 슬픔의 날들을 보내겠지
보고파라 임이여, 격렬했던 사랑아
나만을 생각하며 홀로 살고 있을까
부서지고 흩어지는 포말 같은 기억들
아쉬웠던 사랑아, 짧았던 생아
비통함이 글썽글썽, 뚝 떨어지지만
어찌하리, 저곳에서 한 생을 마감하고
다시 이 별에서 지나온 생을 돌아보는 것을

2

구름을 모아모아 비를 만들고
임 계신 지구에 종일 뿌리면
임은 그 비 맞고 내 눈물인 줄 알까
그 눈물 가슴 헤집고 뼛속까지 퍼지면
변치 않는 내 사랑인 줄 알까

찬 기운 구름 섞어 눈을 만들고
지구 산천에 종일 뿌리면
임은 그 눈 먹고 내 아픔인 줄 알까
염내 나는 눈물이 내 통증인 줄 알까
변함없는 내 사랑인 줄 알까

3

이웃 별 하나가 놀러 왔다
짧은 생을 한탄하며 지상에서의 기억을 이야기한다
신랑이 하도 바람을 피워 스스로 생을 마감했단다
바람이란 나뭇가지를 찢는 태풍도 있고
나뭇가지를 흔드는 미풍도 있는데
아마 태풍이었던가 보다
태풍도 미풍도 순간이 지나면 고요가 오는데
젊은 나이여서 깨달음이 부족했나 보다

4

할머니는 평상 위에 손녀를 누이고 말씀하신다
얘야, 저 하늘의 별들을 보아라

시집 못 가고 죽으면 처녀자리 가고
싸움만 하던 놈은 사자자리 가고
착하고 좋은 일 하면 백조자리 가고
숭늉 쏟으면 물병자리 간단다
나는 시집도 못 갔는데 처녀자리가 아닌 통증자리에 왔다

신곡

1

꿈을 꾸었다
낭떠러지로 떨어지고 있었다
지옥이다
오르려고 끈을 찾았건만 보이지 않는다

신곡*에 나오는 그대로다
앞에 보이는 것이 아게강인가 보다
강을 건너 본지옥으로 갔다
아홉 개 지옥 가운데 두 번째 지옥으로 분류되었다
애욕의 죄를 지은 자의 지옥이라 했다
시저와 안토니우스를 유혹한 클레오파트라,
숙종을 유혹한 장희빈도 있다

괴물 재판관인 미소스가 심판을 한다
"내 죄명이 무엇인가"라고 물었다
애절하게 죽은 여자를 두고, 다른 여자와 결혼한 죄,
제법 많은 여자에게 추근거린 죄가 추가되었다
변명을 했다

"그녀가 먼저 갔기에 죽기 전 부친께 효도하기 위하여
결혼을 했다" 고 했다
"중죄냐" 고 물었다
"클레오파트라와 장희빈보다는 가볍다" 고 한다
억울하다, 그래도 하나님을 욕하지 않고 살아왔는데

2

지옥에서 수십 일이 갔다
천국에 가겠다는 희망을 버리지 않았다
하나님을 믿지 않았지만 욕한 일 없고
한 명의 목사와 두 명의 권사인 누이들이 밤마다
기도한 덕분에 연옥으로 갔다
레테강에서 몸을 씻고
에누스의 강물에 죄를 씻은 뒤 Q를 기다렸다
그녀가 나타났다, 눈부시다
스물여섯 그대로다
그녀를 따라 천국까지 갔다
천국은 천지에 꽃향기이다
새는 숲속에서 행복에 겨워 조잘거리고

지나가는 이들은 웃음이 가득하다
나는 Q를 졸랐다
"같이 살자고, 이승이든 저승이든 생사고락을 같이하자" 고
했다
"안 된다" 고 한다
"너와 같이 살 수 없다면 천국인들 무슨 소용인가" 라고 했
다
"이승으로 내려가겠다" 고 했다
"마음대로 하라" 고 한다
잠이 깨었다

* 신곡 : 단테의 서사시

별의 제국

Q가 보이지 않는다
동남쪽 여름 하늘
미리내 속에 희미하게 떠 있었건만
벌써 보름째 보이지 않는다
답답해서 천문대로 갔다
천체경의 각도를 세우고 밤하늘의 별을 찾는다
은하수 물결에 희미하게 떠 있는 Q를 보았다
기뻤다, 안심이다
다시, 천문대를 돌아 내려오는 산길
풀섶에서 동박새 한 마리 구슬피 운다
새의 울음이 은하로 길을 내고
그 길을 따라 그녀가 있는 별에 가고 싶다
그녀가 지배하는 별의 제국에서
○○ 공公으로 살고 싶다
견우처럼 목동이라도 좋다

안개

첫새벽에 일어나 평상에 앉는다
유년의 숲은
하천으로 물길을 내고
새벽안개가 숲을 뒤덮고
안개 속에 나무들의 희미한 물상이 비친다
바람이 차츰 안개를 산으로 밀어 올리고
그 길을 따라 그녀가 비무하며 하늘로 오른다
나를 부르는 것도 같고
피 울음을 우는 것도 같다

임 오시면

새 한 마리
허공중에 배를 내밀고
날개 흔들어
이른 봄, 가지 끝 새순을 딴다
저 새, 새순 따서 누구 주려나
어미 잃은 새, 모이 주려나
불쌍하다, 새 새끼

저 새, 새순 따서 누구 주려나
멀리 가신 임 배고플까 봐
자근자근 말려 곳간에 두었다가
지친 임 멀리서 돌아오면
지지고, 볶아 반찬 해 주려나

만날 수 있겠지

흘러간 인연은 돌아올 수 없는가
다람쥐 바퀴 돌려 제자리로 오고
계절도 지나면 다시 오는데
흘러간 인연은 돌아올 수 없는가
멀리 떠난 배 포구로 돌아오듯
우리 인연 질기고 길다면
지구가 멸망하고 재앙이 찾아와도
어느 한 별에서 만날 수 있겠지

식어버린 사랑은 되돌릴 수 없지만
우리 사랑 애틋하니 되돌릴 수 있겠지
이승이든 저승이든 애틋하다면
연리지 접합되어 살아갈 수 있겠지
사랑 사랑 그 사랑 만날 수 있겠지

고백

1

아내 될 사람에게 알려야 할 것 같다
삼십 년을 살아온 내 삶의 유적에 관하여
그녀에게 고백해야 할 것 같다
짧았지만 내 온 가슴을 지배해 온 슬픔의 근원에 대하여
고백하고 결혼하는 것이 도리인 것 같다
슬픔이 가슴속에 동맥으로 자리하고
실핏줄로 분화하여 피돌기하고 있다
과거가 복잡한 남자와 결혼할 수 없다고
결별 선언을 해도 할 수 없다

2

화원 동산에 갔다
초겨울 긴 강은 먼 발원지로부터 흘러 흘러
욕망의 때를 뒤집어쓰고 흐르고 있다
샛강도 염색공단을 지나다가 붉은 물줄기를 뒤집어쓰고
낙동강과 합류하고 있다, 진눈깨비는 종일 내리고
우리는 건초더미를 쌓아둔 농막 속으로 비를 피했다
날개 부러진 왜가리 한 마리 놀라 달아난다

아내 될 사람에게 첫사랑에 대하여 이야기했다
Q와의 만남에서 이별까지 모든 것을 고백했다
한 여인의 기막힌 사연에 그녀도 나도 한없이 울었다
눈물은 진눈깨비에 섞여 큰물이 되고
마침내 강물이 되어 남쪽 바다로 흘러갔다

3
밖으로 나오자 달아났던 왜가리가 추위에 떨고 있다
남쪽으로 날아가지 못한 새
이승을 떠나지 못한 나
처지가 비슷한 것 같다

4
아내 될 사람에게 고백하고 며칠이 지났다
전화가 왔다
그녀는 "내 깊은 상처를 보듬어 주며 일생을 함께 살겠노라"고 한다
퇴근 후 집으로 돌아오는 길, 곰곰이 생각했다
'신은 인간에게 거역할 수 없는 운명도 주고

감당할 수 있는 운명도 준다는 것' 을

포기를 배우는 것도 상처를 줄이며

세상을 살아가는 길이라는 것도 알았다

장가가던 날

검은 양복에 검은 구두
넥타이 정장하고 장가가던 날
동박새 한 마리
예식장 벽, 할로겐 등 위에 앉아 있다
성혼선서를 하자 눈물을 글썽인다
반지를 교환하자 눈물을 쏟아낸다

신혼여행을 갔다
이른 아침, 바닷가로 난 창문을 열었다
나뭇가지에 동박새 한 마리
화들짝 바다 위 창공으로 날아간다
눈에서 자꾸 멀어진다
내 눈에 눈물, 수북이 고인다

가출

1

아내가 가출을 했다
출근길 라디오에서 모 시인의
죽은 아내에게 바치는 비가가 흘러나왔다
"나도 이런 시를 썼으면 베스트셀러가 되었겠지"
"상처가 깊었던 모양이지, 나는 헛살았네"
아내와 나의 대화이다 긴 침묵이 흐른다
그날부터 집에 와도 아내가 없다
저녁 늦게 어딘가에서 돌아와 말이 없다
며칠 동안 그런 행동을 반복하는 아내를 찾아 나섰다
공원 벤치에 멍하니 앉아 있다
그녀는 과연 헛살았는가
나는 가슴속에 애처롭게 떠난 한 여인만 품고 있는가
곁에 있어 늘 힘이 되는 그대여
그대는 운명으로 엮인 인연이어라
나의 안정제이어라

2

해가 뜨고 달이 뜨고

해가 지고 달이 진다
봄도 가고 겨울도 가고
다시 봄이 오고 겨울 오면
현재는 언제나 과거가 되고
과거는 또 망각하며 살아가는 법
문득문득 잊은 듯 떠오르는 그녀 모습
슬피 울며 떠나가는 상여를 보면
물안개처럼 피어나는 너의 모습
아내여, 내 가슴에 그녀를 향한 아픈 방 하나를 허락하오
그대가 있어 내 마음에 평화가 오듯이
그녀가 있어 통증으로 한생을 살아가고 있거늘

3

이십 년 동안 그때를 빼고는
아내는 Q에 관하여 묻지 않았다
젊은 날에 "깊은 내 상처를 보듬으며 살겠노라" 고 한
약속 때문일 것이다
아내는 착하고 지혜롭다
의견 충돌은 있어도 부부싸움 없이 이십여 년을 함께 살아왔다

26세, 결혼하다

26세 동갑내기
키의 합이 4미터인 농구 선수가 결혼을 한다
절제할 수 없는 에너지, 운동선수가 결혼을 한다
축하하고 경이로운 일이다

어느 여인은 스물여섯 나이에 절명하였다
한 마리 새가 되어 날아갔다
먼 안개 숲에 비가 내리고
새 한 마리 계곡으로 낙하한다
비를 타고 Q도 새가 되어 내려올 것 같다
환생하여 구름 타고 내려올 것 같다

혼강*에서 우는 새

새야 새야

혼강의 가문비나무 숲에서 슬피 우는 새야
너 홀로
나 홀로
서럽게 통곡하는 새야
사랑도 서로가 좋아서 하는 거라서
짝이 기우니 고통이구나

새야 새야

이궁*에서 우는 새야
이궁 저궁 생각이 다르니
해 저문 저녁, 나는 어느 궁으로 돌아갈거나

* 혼강 : 고구려의 옛 수도 졸본 앞을 흐르는 강
* 이궁 : 유리왕이 애첩 치희를 위하여 지은 별궁

선화공주

소문은 초동의 노랫소리를 타고 퍼졌다
왕과 대신들의 따가운 눈초리에 궁에 머물 수가 없다
황성을 빠져나왔건만 갈 곳이 없다
신라 땅 어디에도 내가 머물 곳은 없다
아버님, 저는 서동을 따라 백제국으로 갑니다
이제, 사랑만 할 거예요

소문처럼 바람난 여인이 되어 떠돌다가
그래도 가끔은 여드랑* 고개에 올라
저 하늘 달을 보며 황성에도 '저 달이 뜨겠구나' 생각할 거예요
달 속에 아버님, 어머님을 떠올리며
아름답던 서라벌, 옛 유년을 추억할게요

* 여드랑 고개 : 지리산에 있는 작은 고개, 선화공주와 무왕의 전설이 서린 곳

문명왕후

장군인 오라버니는
친구의 아이를 혼전 임신했다고
나를 장작불에 태워 등신불로 만들려고 한다
고승高僧도 아닌 나는 장작불에 타 죽게 되었다
내게 잘못이 있다면 언니의 꿈을 산 죄와
춘추공을 사랑한 죄뿐이다
여왕이 나를 불쌍히 여겨 죄를 사하여 주셨다
모든 것이 오라버니의 치밀한 각본이다

오줌을 싸서 서라벌 천지를 물바다로 만드는
언니의 꿈을 내가 샀다
언니는 해괴하다고 꿈을 내게 팔았다
덕분에 나는 사랑도 얻고
신라의 왕비가 되어서 자식도 많이 낳았다
내게는 사랑이 그냥 찾아오는 것이 아니라
질곡의 아픔으로 얻어지는 것이었다

공주를 기다리며

쌀 포대 던지는 소리처럼 또 생명이 아파트에서 떨어진다 내 몸속의 절망이라는 세포는 희망이라는 세포를 자꾸자꾸 갉아 먹는다 학적조차 희미한 캠퍼스 잔디에 누워 하늘을 본다 잔혹한 오월의 꽃향기가 코끝을 자극한다 나는 폐비닐이 되어 낯선 들판을 뒹굴고 있다 내일은 또 어디에 있을지 두렵다 대인 기피증도 생겼다 내가 취업할 수 있는 곳은 이 땅 어디에도 없다 졸업장을 받고 삼 년째 백수로 지내고 있다 전공과 관련된 시험이란 시험은 다 쳐 보았지만 연락 오는 곳이 없다 부모님이 주신 용돈을 모아 복권도 사 보았지만 희망을 버렸다 학교 때 사귄 여자 친구도 슬그머니 떠나갔고 남자 친구들도 연락이 두절된 지 오래다 집에 들어가는 것조차도 눈치가 보여 밖으로 배회하다가 부모님이 주무실 때 슬그머니 집으로 들어가 차려 놓은 밥을 찾아 먹고 내 방으로 들어가 잠을 잤다 한때는 아파트 공사장에서 막노동도 해 보았고 심부름센터도 가 보았지만 그때뿐 연락이 없다 오늘 저녁도 이 도시를 배회하다 공원의 한 느릅나무 밑에서 울화를 토해내듯 소변을 갈기고 할로겐 등이 켜진 공원 벤치에 앉아 상념에 잠긴다 갑자기 온달이 생각난다 일천사백 년 전 온달 장군도 단양의 어느 느릅나무 아래서 오늘 나처럼 오줌이나 갈기며 상념에 잠겼을까 이제 희망은 평강공주를 기다리는 것이다 이 땅에 나를 장군으로 일으켜 세워 줄 공주를 기다리는 것이다

치마바위, 무명치마

어깨가 저리다
가슴도 조여 온다
국사國事의 무거움과 대신들의 숱한 간언들
판단이 흐려질 때 경회루에 올라 인왕의 솔향을 마신다
죽어서도 변치 않는 사랑이 있고
살아서도 변하는 게 사랑이지만
이별이 길어지니 짐의 사랑도 변할까 두렵다
가끔은 여기 올라 옛 추억에 잠긴다
산 바위에 내걸려 펄럭이는 무명치마 자락이 갈수록 가물거리니
몸이 늙어지면 사랑도 식을까 두렵다
사가私家의 삶 십 년, 차라리 그녀와 범부로 살던 때가 그립다
상처 받은 또 다른 영혼아, 살아생전 다시 볼 수 있을까
곤룡포 벗고 달려가고 싶다, 너에게로

*치마바위 : 중종반정으로 생이별한 첫째 부인 단경왕후가 왕이 자신을 못 잊어 경회루에 올라가 사가가 있는 인왕산을 자주 본다고 하여 아침마다 인왕산 바위에 무명치마를 걸어 놓은 데서 붙여진 이름

절망하는 사도

구중궁궐 속에 철창이 또 있다
나는 뒤주 속에 갇히었다
궁궐 나무에서 들려오는 새소리는 영혼이 자유롭다
이 산 저 산을 날아다니며 암수가 서로 만나 조잘거린다
뒤주 속의 내 영혼은 기약 없이 말라간다
뒤주 밖을 나올지라도 구중궁궐이라는 뒤주
어명이라는 또 답답한 뒤주
자유를 빼앗긴 내 영혼
기개도 버리고 힘도 없이 한 생을 떠나가네

작품 해설

사랑의 통점痛點에 새겨진 정한

이진엽 시인, 문학평론가

1. '상처'와 시인의 응답

인간이 삶에 대한 희망과 건강한 생명력을 지니며 살아갈 때 생에 대한 유기적 통합성과 기쁨을 느낀다. 그런데 삶 속에서 인간이 죽음의 문제와 맞닥뜨리게 되면 그 통합성은 균열되고 심각한 정신적 갈등과 혼란에 빠져든다. 특히 그 죽음이 사랑하는 사람과 연관될 때 더 한층 쓰라린 고통을 수반한다. 고도 산업사회에서 물질문명이 기승을 부릴수록 인간의 이성은 일그러져 죽음과 죽임의 유혹에 사로잡히기 쉽다. 특히 동물적 공격성으로 타자의 생명을 무참히 앗아가는 반사회적 인물 군상들이 날로 늘어가고 있는 현상은 이 시대가 안고 있는 비극이다. 영혼의 제어장치가 고장 난 이 황량한 현대 사회에서 죽음의 문제로 파생되는 단절감과 절망감은 인간으로 하여금 참된 자아와 자기동일성을 상실하게 한다.

이 비극적 상황 속에서 '나'의 상처 받은 영혼을 어떻게 회복하고 기도企圖하며 살아갈 것인가? 시인은 바로 이 존재론적 물음에 응답하지 않으면 안 된다. 시인은 이 혼돈의 시대에 생명의 소중함을 성찰해야 할 운명을 지닌 존재이다. 죽음을 응시하고 생의 숨결을 사유한다는 것, 그것은 결코 밀폐된 관념의 세계로 돌아간다는 뜻이 아니다. 그 사유는 삶과 죽음에 대한 성찰을 통해 산 자와 죽은 자의 영혼을 되짚어 보며 훼손되지 않은 인간 본연의 모습을 재구再構하고 싶다는 의미를 지닌다. 시인의 이 성찰에는 순수한 정신이 요구된다. 바슐라르의 말처럼 시인은 지적으로 사색하기 이전에 순정한 꿈을 꾸는 존재이기 때문이다.

이같이 삶과 죽음의 문제를 상기할 때 최규목 시인의 시집 『통증연가』가 주목된다. 이번 시집에는 삶에서 체득한 경험들이 다양하게 변주되면서 형상화되어 있지만, 특히 사랑하는 연인의 죽음-비극적 절명-이 전경화前景化되어 두드러지게 부각되고 있다. 그의 시집에서 포착되는 이러한 시 세계를 몇 가지 테마별로 나누어 탐사해 보기로 하겠다.

2. 삶에서 느낀 다양한 정서들

'고향 회귀 욕구' 는 누구나 본능적으로 느끼는 원초적 심리 현상이다. 이 욕구는 인간이 자신의 고향을 태어나고 자란 곳만이 아니라, 순수한 자아의 동일성을 회복할 수 있는 이상향으로 인식하고 있는 데 근거한다. 물질 문명사회에서 오염되고 분열된 자아는 천연 그대로 주어진 무봉無縫의 낙토樂土로 안착하여 다시 순박한 삶을 영위하고 싶은 꿈에 젖는다.

누이야 청산 가자
해진 내의 입고, 고뿔을 달고
장에 간 엄마 진종일 기다리던
네 삶과 내 삶이 함께 포개지는
아련한 마음의 영토, 누이야 청산 가자

누이야 청산 가자
주린 배 채우려고 도토리, 알밤 찾아 산속을 헤매고
이름 모를 새 호기롭게 바라보던
풀벌레, 식물 채집하던 어린 그 시절
생각할수록 가슴부터 먼저 아려오는
네 삶과 내 삶의 절반이 겹쳐지는 곳
누이야 청산 가자

누이야 청산 가자
송아지 토막 울음 내고
뒤편 장독대 햇장이 익는
피마자기름에 풀빵 부쳐주던
어머니의 영혼이 머무는 너와 나의 영토
누이야 청산 가자
청산에 살자

-「누이야, 청산 가자」 전문

'청산'을 중심 모티프로 하고 있는 이 시는 시인이 태어난 고향과 이상향이 오버랩되어 낙토에 대한 지향성이 잘 나타나 있다. 여기서 청산은 일차적으로 고향집 부근에 둘러싸인 푸른 산을 뜻한다. 그 산이 펼쳐진 고향땅은 시인이 유년 시절 "해진 내의 입고, 고뿔을 달고/ 장에 간 엄마 진종일 기다리"거나, "주린 배 채우려고 도토리, 알밤 찾아 산속을 헤매"던 곳이다. 또한 그곳은 "풀벌레, 식물 채집하던" 꿈의 처소이자 "송아지 토막 울음 내고/ 뒤편 장독대 햇장이 익는" 소박한 땅이기도 하다.

그런데 그 청산은 "아련한 마음의 영토"와 "어머니의 영혼이 머무는 너와 나의 영토"에서 느껴지듯 시인의 내면에 그려지는 이상적인 세계이기도 하다. 이 이상향을 닮은 세계는 시인의 다른 시에서도 "준령 아래 외진 호두밭/ 종일토록 청설모가 다람쥐 쫓는/ 염소 벌 때 벗삼아 풀을 매는/

아득한 그 비탈진 땅이 당신의 나라입니까(「당신의 나라」)" 에서처럼 잘 목격된다. 마음과 영혼이 안식을 누리는 곳, 그곳은 인간이 본능적으로 추구하는 정신적 유토피아이다. 특히 청산은 우리의 고전 시가에 자주 등장하는 이상적 공간이란 점에서 더욱 주목된다. 뿐만 아니라 이 시는 "누이야 청산 가자"라는 구절에서 읽혀지듯 '부름'과 '청유형' 어법이 반복되어 고향 회귀에 대한 간절한 의지를 보여주고 있다. 이 같은 시인의 소망은 인문주의 지리학자 이푸 투안이 말한 대로 결국 마음의 고향에 대한 장소애topophilia 또는 장소의 정체성identity of place에 대한 회복을 갈망하는 것으로 이해된다.

'혈육의 죽음'에 대한 애틋한 정서도 이번 시집에서 자주 목격된다.

> ① 하관하는 장지에서 목 놓아 울었지요
> 하늘도 통곡하여 일주일 내내 장맛비를 쏟아부었지요
> 관을 넣으려고 파낸 웅덩이에 황토물이 흥건히 고였지요
> 남의 속을 모르는 시골 노인은 "저리 서럽도록 우는
> 자식이 어디 있나, 참말로 효자다"라고 칭찬을 했지요
>
> 어머니, 관 속으로 물이 스며들지나 않습니까
> 가끔 찾은 산소에서 불효자는 안부를 묻습니다
> 굴뚝새 한 마리가 인근 밤나무에 날아와 당신의 화신인 양

"괜찮다"라고 대답하네요

-「불효자」 부분

② 야속한 세월이다

장기를 파고드는 병마를 이기지 못하고

그 어린 영혼은 이 땅에 빛나는 흔적 하나 남기지 못한 채

지독한 가난에 쓰러지고 말았다

새끼 여우가 달 보고 운다는 여우골을 지나

두견이 슬피 우는 칠부 산기슭에

짧았지만 무거웠던 한생을 내려놓고

이승으로 돌아오는 그 길은 눈물이 앞을 가려 길을 막는다

옷소매로 손등으로 닦으면서 걸어보지만

그럴수록 흐릿해서 걸을 수가 없다

저 하늘 별같이 다른 생이 또 있다면

제발 누이야, 거기서는 울지 말고 웃으면서 살아라

-「누이를 보내며」 부분

노모와의 사별을 애통해하는 ①의 시는 시인의 절절한 사모곡으로 마음에 다가온다. 풍수지탄風樹之嘆이라는 말이 있듯이, 자식이 부모를 봉양하고자 하지만 이미 부모는 세상을 떠나고 없다. 살아생전 어머니에게 불효한 죄에 대한

후회로 시인은 "하관하는 장지에서 목 놓아 울었지요"라고 고백하고 있다. 그의 호곡號哭을 대변하기라도 하듯 "하늘도 통곡하여 일주일 내내 장맛비를 쏟아부었"다. 시골 노인들은 그 통곡 소리만 듣고 '효자'라고 칭찬을 하지만, 그럴수록 시인은 더욱 죄의식을 느낀다. 늦게야 깨달은 것인가. 시인은 가끔 산소를 찾을 때면 "어머니, 관 속으로 물이 스며들지나 않습니까"라고 하며 안위를 염려한다. 그 순간, "굴뚝새 한 마리가 인근 밤나무에 날아와 당신의 화신인 양/ '괜찮다'라고 대답"을 하고 있다. 죽은 어머니가 '굴뚝새'로 화化하여 다시 나타났다는 것은 의미심장하다. 그 새는 우리나라의 텃새이다. 키 낮은 관목의 덩굴 숲에서 주로 살아가는 그 새는 우리 민족 혹은 혈육과도 같이 친화감이 가는 새이다. 그러므로 이 황토의 땅을 지키며 텃새처럼 살아온 어머니에 대한 애틋한 정감이 자연스럽게 굴뚝새로 전이되어 간 것으로 유추된다.

가난했던 지난 시절, 죽은 누이에 대한 고통스러운 기억을 더듬는 ②의 시에서도 혈육 간의 애타는 정이 묻어난다. 시인은 요절한 누이에 대해 "장기를 파고드는 병마를 이기지 못하고/ 그 어린 영혼은 이 땅에 빛나는 흔적 하나 남기지 못한 채/ 지독한 가난에 쓰러지고 말았다"라고 하며 슬퍼하고 있다. '지독한 가난'과 '병마'의 상관성은 더욱 마음을 쓰라리게 한다. 이승에서 제대로 꽃 한 번 피우지 못한 누이는 "두견이 슬피 우는 칠부 산기슭에/ 짧았지만 무거웠던 한생을 내려놓고" 영면에 들었다. 시인은 비극적 이별을 고하며 하산을 하지만, "이승으로 돌아오는 그 길은 눈물이 앞을 가려 길을 막"고 있다. 어린 누이를 청산에 묻는다는 것, 그것만큼 더 괴로운 일이 어디 있으랴. 그 가혹한 운명은 마치 유언도 남기지 못하고 요절한 누이를 추모하는 월명사(향가, 「제망매가」)의 비통한 마음을 반추해 보는 듯하다.

하지만 시인은 절망에만 사로잡혀 있을 수 없다. 그는 비극적 인식 속에서도 "저 하늘 별같이 다른 생이 또 있다면/ 제발 누이야, 거기서는 울지 말고 웃으면서 살아라"하며 망자의 영혼을 위무해 주고 있다. 이 위로를 통해 누이의 영혼은 밤하늘의 별처럼 더 한층 빛나게 될 것이다.

무소유에 대해 '자아성찰' 을 보이는 시도 관심을 환기한다.

육신의 때를 밀고 목욕탕을 나선다
고물 적치장에 겨우내 멈추었던 크레인이
고철 덩어리를 찍어 옮긴다
식당가를 지나니 쥐똥나무에 봄기운이 돋고 있다

길을 걷노라면 바람이 제법 훈훈하다
식당 앞 창문에 붉게 쓰인 동물들의 수많은 부위들이
인간인 것을 초라하게 한다

막창 대창 안창살 닭똥집에 도리탕

봄은 왜 이다지도 살아 있음을 부끄럽게 할까
육신의 때를 밀고 마음의 때를 밀면 무소유가 될까
육신이야 태워지고, 묻어지고
흙으로 돌아가면 제 생애 끝나지만
살아생전 마음의 욕심을 버리면서 살 수 있을까
길을 건너 무의식중에 패밀리마트에서 복권 2장을 사고
식당에 들러 밥을 먹는다
일상의 움직임이 소유욕인데
버리면서 살아갈 수 있을까
죽는 그날까지 욕심을 좇다가 허망하게 이승을 떠나거늘
봄은 버리라 한다
훈풍에 모든 것을 버리라 한다

-「봄은 버리라 한다」 전문

시인은 "육신의 때를 밀고 목욕탕을 나"서면서 인간의 소유와 무소유에 대한 깊은 성찰을 하고 있다. "쥐똥나무에 봄기운이 돋고" 있는 식당가를 지나다가 창문마다 붉은 글씨로 쓰인 "막창 대창 안창살 닭똥집에 도리탕" 등 "동물들의 수많은 부위들"을 읽으며 자신이 "인간인 것을 초라하게" 느낀다. 왜 그럴까? 그것은 바로 약육강식이라는 정글의 법칙이 인간 사회에서도 횡행하고 있고, 그것을 통해 인간의 끝없는 소유욕을 통찰했기 때문이다. 생명에 대한 무자비한 살육과 무절제한 포만 욕구는 인간의 동물적인 야수성을 드러낸 것이다. 여기에 대해 시인은 "봄은 왜 이다지도 살아 있음을 부끄럽게 할까"라며 자기반성을 하고 있다. 그 성찰은 "육신의 때를 밀고 마음의 때를 밀면 무소유가 될까/ 육신이야 태워지고, 묻어지고/ 흙으로 돌아가면 제 생애 끝나지만/ 살아생전 마음의 욕심을 버리면서 살 수 있을까"로 이어지며 심화된다.

그런데 무소유에 대한 성찰 중에도 시인은 아이러니컬하게도 "길을 건너 무의식중에 패밀리마트에서 복권 2장을 사"는 소유욕을 드러낸다. 이 장면은 인간이 자신의 소유욕을 초극하기가 얼마나 어려운 것인가를 반증한다. 그의 말대로 "일상의 움직임이 소유욕"인 것이다. 하지만 시인은 잠시 미혹에 빠졌던 자신의 마음을 다시 일깨운다. 그는 "죽는 그날까지 욕심을 쫓다가 허망하게 이승을 떠나거늘/ 봄은 버리라 한다/ 훈풍에 모든 것을 버리라 한다"에서 보듯 소유의 허망함에 대해 진지하게 성찰하고 있다.

자아에 대한 이러한 되돌아봄은 "내 마음속에서 나는/ 나로 인하여 광분하고/ 나로 인하여 침잠하고/ 나로 인하여 함몰된다(「야누스」)"에서처럼 자아의 이중적 인격에 대한 반성으로 굴절되는가 하면, "하루가 퇴적된 강 끝에 가면/ 너와 나는 어떤 자화상일까/ 두려워지는 하루입니다(「하루」)"에서와 같이 시간의 순환 속에서 느끼는 성찰로 변주되기도 한다. 시인이 자신의 존재를 사유하고 생의 깊은 곳을 들여다보려는 태도는 비본래적 자아에서 본래적 자아의 모습을 회복하려는 자기동일성 의지를 나타냄이 분명하다.

이번 시집에서는 '인간 본연의 그리움' 을 모티프로 한 시들도 간과할 수 없다.

그리우면 길을 나서라
그리움에 삶이 허망하고
그리움이 애절하여 밤새 잠 못 들 때
첫새벽에 행장 꾸려 길을 나서라

등짐 가득히 그리운 사람들을 꼬옥꼬옥 챙겨 넣고
먼 길을 나서라

인절미같이 늘어진 길을 지나
낯익은 시골 토담집을 지나
햇살가지에 임을 걸어 두고
달빛가지에 벗을 걸어 두어라

비탈진 산길
솔가지 아래서는
꿈속 같은 어머니

아련한 아버님을 내려놓아라
짐들을 하나둘 내려놓으면
몸은 차츰 가벼워지고
그리움은 스펙트럼이라는 것을 깨닫노라

옛 풍경이 새 풍경 앞에서 지워지며
먼 미지가 다시 추억이 되어 그리움이 되듯
먼 길 지나서 되돌아보면
옛 그리움은 새 그리움 앞에서
그냥 지고 마는 아득한 추억이 되는 것을

-「그리움 지우기」 전문

시인은 사람들이 까닭 모를 그리움에 사무칠 때마다 "그리우면 길을 나서라"고 말한다. 그 길에서의 여정도 "등짐 가득히 그리운 사람들을 꼬옥꼬옥 챙겨 넣고/ 먼 길을 나서라"고 하고 있다. 대상에 대한 애틋한 그리움은 갈애渴愛 즉 세속의 욕망에 집착하는 것이다. 그 집착은 스스로의 마음을 옭아매는 무명업화와 다르지 않다. 자신의 등에 짊어진 이 망집妄執의 무거운 짐을 내려놓지 않으면 안 된다. 하여 시인은 참된 자유인이 되기 위해서는 "햇살가지에 임을 걸어 두고/ 달빛가지에 벗을 걸어 두어라"고 한다. 뿐만 아니라 "비탈진 산길/ 솔가지 아래서는/ 꿈속 같은 어머니/ 아련한 아버님을 내려놓아라"고 토로한다.

인생의 길을 함께 가는 도반은 물론, 혈육마저도 '길' 이라는 생의 여정에서 버려야 한다는 것은 번뇌에서 벗어나 무위심無爲心의 세계로 나아가려는 몸짓이다. 이 버림이 실현되는 순간, 시인은 중요한 사실을 통각統覺한다. 그것은 바로 "몸은 차츰 가벼워지고/ 그리움은 스펙트럼이라는 것을 깨닫"게 되는 일이다. 여기서 그리움을 '스펙트럼' 에 비유한 점을 주목할 필요가 있다. 이 스펙트럼은 '빛의 성분을 파장의 순서로 나열한 것' 을 뜻한다. 그러므로 시인이 이제까지 집착한 갈애는 결국 잠시 나타났다가 사라지는 빛의 산란과 다름없으며 실체가 아니라 공空과 같은 것이다. 인간의 그리움은 매 순간 빛의 파동처럼 시시각각 명멸하면서 새로운 정념의 물결로 대체하게 되는 것이다. 이 깨달음을 시인은 "옛 그리움은 새 그리움 앞에서/ 그냥 지고 마는 아득한 추억이 되는 것"이라고 적절히 언표하고 있다.

이러한 그리움의 정서는 시인의 다른 시에서도 여러 곳에서 산견된다. 이를테면 "기다림은 외눈 민어의 연가가 되어/ 내 마음을 언제나 슬프게 하고(「포항」)", "청상에 물레 타던 순이는 뭘 할까(「순이는 무얼 할까」)", "그대 건너오오, 거슬러오오, 연어의 몸짓으로 건너오오(「북성로에서」)", "이별을 생각하면 사랑할 수 있을까/ 끝없이 너는 나의 감정에 들어와(「감정 낙서」)" 등이 그것이다. 시인의 내면에 두텁게 쌓인 이 그리움의 정조는 대상에 대한 집착이긴 하지만, 인간이면 누구에게나 주어진 본연의 원초적 감정에서 우러나

온 것이기도 하다.

3. 비극적 사별과 그 정한

이번 시집에서 가장 큰 비중을 차지하며 중심축을 이루고 있는 것이 사랑하는 연인의 비극적 죽음과 관련된 것들이다. 특히 이 연인의 죽음이 시집 '서문'에서도 언급되어 있듯이 비명횡사非命橫死라는 점이 큰 충격을 주고 있다. 과거에 첫선을 본 적이 있던 사내로부터 무참히 살해당한 젊은 연인의 죽음과 그에 따른 각골통한刻骨痛恨은 시인으로 하여금 형언할 수 없는 고통의 세월을 보내게 했다. 이 시집의 3부와 4부에서는 연인의 이 비참한 죽음과 관련된 사건들이 비교적 소상하게 표현되어 있는데, 그 장면들을 순차적으로 재구성하여 되짚어 보겠다. 우선 사랑하는 연인과의 '만남'을 소개한 시부터 살펴보도록 하자.

1
청라 넝쿨이 지붕을 뒤덮어
풀밭이 되어 버린 산마을 원호주택
초인종을 눌렀으나 인기척이 없어 돌아서는데
생머리 고운 아가씨가 철문을 열고 나왔다
그 순간, 발바닥에서 머리끝까지 전류가 흐르고

심장이 빨라지며 얼굴이 온통 붉어졌다
홀린 듯 멍하다가 몸을 추슬러 내려오는 산길
이팝나무 꽃밥을 보며 뛰는 심장을 진정시켰다
저 여인이 있어 삶이 행복하다

…(중략)…

4
관성만으로 그네가 흔들릴까
설렘의 장력으로 그네가 흔들리니
장력의 크기 따라 가볍게, 무겁게 흔들리니
달빛 없는 인시, 별똥별은 꼬리를 자르며 산허리로 사라지고
운동장, 그네에 앉아 우리는 서로에게 흔들리며
아이스크림을 먹고 있었다
한 번 먹으면 한 번 흔들리고
두 번 먹으면 두 번 흔들리며
서로에게 익숙하게 삼켜지고 있었다
속삭이면서 사랑은 흔들리며 먹는 아이스크림이라 칭하였다
미열은 있지만 달콤함만 있을 줄 알았다
사랑이 절구통에 알알이 빻아지고 부서져
한 톨의 쌀알로 되는 데는 긴 시간이 필요치 않았다

- 「만남」 부분

시인은 "청라 넝쿨이 지붕을 뒤덮"는 어느 초여름 날 "산마을 원호주택"에 살고 있는 연인을 만난다. 초인종을 누른 후 잠시 뒤 "생머리 고운 아가씨가 철문을 열고" 나오자 시인은 "발바닥에서 머리끝까지 전류가 흐르고/ 심장이 빨라지며 얼굴이 온통 붉어"질 정도로 한순간에 마음을 빼앗긴다. 강력한 음극의 자력에 빨려 들듯 그의 넋은 연인이 내뿜는 빛과 향기에 사로잡힌 것이다. 그 후 시인은 밤이 깊어가는 줄도 모르고 어느 한적한 학교 운동장에서 여인과 그네에 앉아 "아이스크림"을 먹게 된다.

두 사람의 행복한 시간은 어느덧 한밤중을 지나 "달빛 없는 인시寅時"를 가리키고 새벽이 다가올 무렵이 되었다. 그네의 흔들림에 몸을 맡긴 그 순간은 일상의 정지된 삶과 결빙된 구속에서 벗어난 아름다운 사랑과 자유의 흔들림이 구현되는 시간이다. 그 사랑의 마음과 달큼한 밀어들은 "절구통에 알알이 빻아지고 부서져/ 한 톨의 쌀알"처럼 소중한 보석이 되어 빛난다. 여기서 시인이 서로의 사랑을 절구질에 비유한 것이 이채롭다. 절구는 우묵하게 들어간 통나무 받침대와 절굿공이로 구성되어 있다. 그것은 일견 음陰과 양陽을 암시하는 바, 두 사람의 순수한 성애性愛를 상징하기도 한다. 따라서 절구질은 두 사람의 아름다운 사랑의 화음이자 에로티시즘의 상관물로도 유추된다.

호사다마好事多魔라고 했던가. 이 절절한 사랑에 갑자기 '횡액'이 찾아온다.

1

교회 앞 2층 다방 난간

칼자국을 전신에 맞고 그녀는 이 땅을 떠나갔다

이슬처럼 왔다가 바람처럼 떠나갔다

들풀처럼 피었다가 말라버렸다

언덕 위의 작은 교회에서 어린 새싹들에게 복음을 전파하다

요단강 건너 천국으로 갔다

홀어머니는 실신하였고 어린 동생들은 통곡하는데

쓸쓸히 홀로 이 땅을 떠나갔다

주여, 그를 데려가기에는 이 땅에 슬퍼하는 자들이 너무 많습니다

때가 아직 아닌 것 같습니다

그녀를 보내 주세요, 가족들과 저에게

2

재건축으로 영안실도 없는 시립병원 수의실 공터

노천 진흙 펄에 거적 하나 덮고, 고통스레 누운 Q여

핏자국도 닦지 못하고, 수의조차 입지 못하고

비에 젖고, 피에 젖은 꽃무늬 원피스 하나 입고

속살 드러난 몸으로 통곡하는 숱한 인연을 두고

너는 기어이 가고야 마는구나

- 「죽음」 부분

여름 성경학교를 마친 후 교회 앞 다방을 나오던 어느 날, 시인의 연인은 오래전 맞선을 본 적이 있던 성도착증 사내에게 "칼자국을 전신에 맞고" 무참히 난자당한다. 이 엄청난 충격, 도저히 믿기지 않는 비극적 현실이 지금 눈앞에서 펼쳐진 것이다. 그녀는 "언덕 위의 작은 교회에서 어린 새싹들에게 복음을 전파"하던 천사와 같았다. 인간의 운명은 피할 수 없는 것이라지만 얼마나 가혹하고 원통한 참상인가. 더욱이 그녀는 "재건축으로 영안실도 없는 시립병원 수의실 공터"에서 "노천 진흙 뻘에 거적 하나 덮고, 고통스레" 누워 있다. 그곳에서 "핏자국도 닦지 못하고, 수의조차 입지 못하고/ 비에 젖고, 피에 젖은 꽃무늬 원피스 하나 입고" 스러져간 것이다. 그녀의 이 비참한 최후는 시인으로 하여금 극한적인 비통함에 사로잡히게 한다. 눈부시게 아름다운 한 송이 꽃은 이렇게 성적 사디스트에 의해 무참히 꺾여 영원의 세계로 떠나간 것이다.

이 사회에서 저질러지는 충동적 살인 행위는 그 원인이 생물학적 결정론이든 환경결정론이든 심각한 죄악에 해당한다. 특히 사회가 황량한 물질문명에 경도되어 갈수록 아노미 현상은 더욱 심화되어 사회구성원들의 정신 작용에 큰 영향을 미친다. 이 상황 속에서 온갖 흉악한 범죄들이 일어나게 되고 반사회적 인물 군상들이 사건을 저지르게 되는 것이다. 따라서 사랑하는 연인의 비통한 죽음은 한 개인, 한 가족의 슬픔만이 아니라 오늘날 우리 시대의 비극적 자화상이기도 하다.

이제, 시인은 그 연인의 장례식을 통해 '영원한 이별'을 맞이해야 한다.

바람이 멈춰 버린 칠월 스무날 더위
검은 예복을 입고 교회 청년들과
상여를 메고 산을 오른다

밤안개를 헤치며 흘러온 강물이
꾸역꾸역 모래성을 허무는 강나루를 건너 산을 오른다
산등성이에 핀 천국(패랭이꽃)이 너의 흔적인 것 같아 눈물이 난다
선홍색의 빛깔이 너의 잔영인 것 같아 자꾸자꾸 눈물이 난다
바람에 흔들리는 작은 잎이 작별의 손짓 같아 따라 흔들어 주었다
검은 옷을 입은 조객들이
너를 천국으로 보내는 기도를 한다
잘 가거라,
그리고 이 땅의 모두를 저주하여라!

-「잘 가거라」 전문

관혼상제라는 통과제의 중 가장 마지막 의례가 죽음과 관련된 상례喪禮이다. 인간은 누구나 생로병사라는 자연의 이

법과 우주적 순환원리를 따라야 하며, 생의 마지막 종착지인 죽음의 세계로 들어가기 위해 일정한 의식을 치러야 한다. 이 시에서도 "바람이 멈춰 버린 칠월 스무날 더위" 속에 시인이 사랑했던 연인의 장례식이 거행되고 있다. 이 삼복더위에 "검은 예복을 입고 교회 청년들과/ 상여를 메고 산을 오"르는 시인의 마음은 얼마나 고통스러웠겠는가. 연인이 묻힐 산등성이에는 "선홍색의 빛깔"을 한 '패랭이꽃'이 바람에 흔들리며 마지막 작별을 고해주고 있다. 선홍색 들꽃, 그것은 그녀의 아름다운 잔영이자 피를 토하는 한이기도 하다. 시인은 조객들과 더불어 "천국으로 보내는 기도를 한다/ 잘 가거라" 하고.

인간은 사랑하는 이의 죽음 앞에서 단절이 아니라 종교적 내세관에 의해 현세와 다시 이어가고 싶은 소망을 지닌다. 그러므로 '기도'는 이승과 저승을 연결해 주는 소중한 소통의 역할을 한다. 또한 그것은 절대자의 힘에 의지하고자 하는 인간의 간절한 발원이자 염원을 나타내기도 한다. 독실한 크리스천이던 망자亡者가 이 기도에 힘입어 천국에서 영생을 누리기를 시인은 애타게 기원하고 있다. 하지만 시인의 마음은 편치 않다. 그녀의 목숨을 빼앗아간 사람은 물론, "이 땅의 모두를 저주하여라!"에서 보듯, 한 생명을 지켜주지 못한 이 시대와 사람들에 대해 극단적 분노의 마음을 표출하고 있다. 기도와 저주, 이 복합심리처럼 시인의 내적 번민과 고통은 쉽사리 가라앉지 않고 있다.

그런데 사랑하는 이와의 사별은 '재회에 대한 간절한 소망' 으로 나타난다.

① 어찌해야 하는가
성경에서 말한 대로 육신은 썩어 없어지지만
영혼은 하늘나라에서 영생한다고 믿어야 하는가
시신 앞에서 눈물 보이지 않고
하나님 곁으로 너를 보내기 위하여
찬송 부르고 기도해야 하는가
부활을 믿어야 하는가
소중한 것은 너와의 이별이 아니라 다시 재회하는 것이지
만나서 백년해로하는 것이지

-「죽음이란」 부분

② 통증 없이 영그는 사랑 있더냐
슬픔이 통증 되어 사랑이 되고
기다림이 통증 되어 사랑이 되고
별리別離도 통증 되면 사랑이 될까
이승 저승 애틋하면 사랑이 될까
해어지면 보고 싶어
일 년 단 한 번 만날 수 있을까
견우와 직녀처럼 만날 수 있을까

만나면 그 불같은 사랑, 다시 할 수 있을까

-「지상연가」 부분

③ 그녀가 나타났다, 눈부시다

스물여섯 그대로다

그녀를 따라 천국까지 갔다

천국은 천지에 꽃향기이다

새는 숲속에서 행복에 겨워 조잘거리고

지나가는 이들은 웃음이 가득하다

나는 Q를 졸랐다

"같이 살자고, 이승이든 저승이든 생사고락을 같이하자'

고 했다

"안 된다" 고 한다

"너와 같이 살 수 없다면 천국인들 무슨 소용인가" 라고 했다

"이승으로 내려가겠다" 고 했다

"마음대로 하라" 고 한다

잠이 깨었다

-「신곡」 부분

①, ②의 시에서 시인은 죽은 연인과의 재회를 간절히 바라고 있다. 우선 ①의 시를 보면 시인은 사별한 임과의 재회를 위해 어떤 정성이라도 바치고 싶어 한다. 그래서 "영혼은 하늘나라에서 영생한다고 믿" 고 싶고, "찬송 부르고

기도" 하면서 "부활" 을 믿고 싶은 것이다. 영혼의 부활이 없다면 죽은 이와의 재회는 불가능하다. 기독교적 믿음에 의하면 그 영혼은 현세의 육신이 아니라 이승에서 전혀 경험하지 못한 성聖육신glorious body을 통해 부활한다. 아무튼 부활한 영혼이든 죽기 전의 육신이든 시인이 지금 가장 바라는 것은 이별이 아니라 임과의 만남이다. 그는 "소중한 것은 너와의 이별이 아니라 다시 재회하는 것이지/ 만나서 백년해로하는 것이지" 라며 애끓는 심정을 표출하고 있다.

재회에 대한 이 간절한 소망은 ②의 시에서는 더욱 성숙된 사유를 통해 드러나고 있다. 시인은 임과의 사별이 고통스럽지만 "통증 없이 영그는 사랑 있더냐/ 슬픔이 통증 되어 사랑이 되고/ 기다림이 통증 되어 사랑이 되고/ 별리別離도 통증 되면 사랑이 될까" 라고 하며 그 이별의 쓰라림을 고귀한 사랑으로 승화시키고자 한다. 특히 예부터 전승되어 오던 견우직녀 설화처럼 천상재회의 "그 불같은 사랑" 의 꿈을 시인 자신도 실현하고 싶은 심정을 내비치고 있다. 이 천상재회의 염원은 "새의 울음이 은하로 길을 내고/ 그 길을 따라 그녀가 있는 별에 가고 싶다(「별의 제국」)" 에서도 잘 드러난다. 이같이 죽은 자와의 재회를 갈망하는 것은 결국 초월적 사랑의 실현을 바람과 다르지 않다. 인신교정人神交情이라는 초자연적 사랑을 통해서나마 시인은 사랑하는 임을 기필코 만나고 싶은 것이다.

이 간절한 시인의 바람은 ③의 시에서 '꿈' 이라는 환몽구

조를 통해 실현되고 있다. 단테의 『신곡』에서 그가 짝사랑한 베아트리체의 안내를 받아 천국을 여행하는 내용을 재구성한 이 시는 꿈을 통해 임과 잠시 재회하는 극적인 장면을 연출하고 있다. 시인은 꿈속에서 "그녀가 나타났다, 눈부시다/ 스물여섯 그대로다"라고 외치며 성육신으로 부활한 그녀의 찬란한 모습에 감격하고 있다. 그리고 그녀를 따라 둘러본 천국은 "천지에 꽃향기"가 넘치며, "새는 숲속에서 행복에 겨워 조잘거리고/ 지나가는 이들은 웃음이 가득"할 정도로 천상낙원 그대로다. 이 복락의 세계에 취해 시인은 'Q(시인이 연인에게 붙여준 이름)'에게 "이승이든 저승이든 생사고락을 같이하자"고 조른다.

하지만 현세의 인간과 존재방식을 달리하는 천상의 연인과 어디에서든 함께 지낼 수는 없다. 그 섭리를 깨닫고 있는 연인은 "안 된다"라고 단호한 목청으로 거부하며 시인을 일깨워 준다. 이때 시인은 잠에서 깨어난다. 비록 짧은 순간이었지만 사별한 임과 재회하고 싶은 간절한 염원은 꿈을 통해서 실현되었던 것이다. 김시습의 『금오신화』에서도 참혹하게 죽은 단종 임금과 사육신들을 꿈속에서 해후하듯이, 꿈은 현세적으로 불가능한 소망을 이루게 해주는 영적 통로로 받아들여진다.

사별한 임과 꿈이 아니라 현세에서 영원히 재회하지 못하는 운명은 결국 시인의 가슴에 '정한情恨'을 남길 수밖에 없다.

소쩍새가 울고 있다
이승과 저승을 오가는 어둠의 숲
어디에선가 소쩍새가 울고 있다
지축을 관능하며 빚는 소리가
망각의 깊은 잠을 깨우고
절규로 보낸 인연들의 메신저가 되어
끊어질 듯 이어지는 애절한 소리를 전해오고 있다
밤은 반복되는 떨림으로 깊어가고
그리움을 억제할 수 없어
소리의 근원에서 그를 만난다
왜일까, 서럽고 질긴 울음을 밤 깊도록 울어주어
소리의 근원에서 만나도록 하는 연유가

내가 죽어 탑이 되고 싶다
이승을 떠나가는 어둠의 숲속 어디에서
탑신 위로 철심을 길게 세우고
그리움을 교신하는 그런 안테나가 되고 싶다

-「소쩍새」 전문

중국 촉나라 망제望帝의 억울한 혼이 깃든 새라고 전해지는 '소쩍새'는 우리의 고전 시가나 현대시에서 오랫동안 정한을 상징하는 표상으로 이용되어 왔다. 올빼미과科에 속하는 이 새는 야행성으로 밤에 마을 인근의 숲에서 목 쉰

소리처럼 탁성을 내며 우는 특징을 지니고 있다. 그 울음소리가 마치 한을 품은 사람이 애곡하는 것처럼 들려 시에서 감정이입의 대상으로 자주 등장하게 된 것이다. 시인도 "이승과 저승을 오가는 어둠의 숲/ 어디에선가 소쩍새가 울고 있"는 소리를 듣고 있다. 그 소리는 "절규로 보낸 인연들의 메신저가 되어/ 끊어질 듯 이어지는 애절한 소리"처럼 울리고 있다. 그 처절한 울음소리에 시인은 "그리움을 억제할 수 없어/ 소리의 근원에서 그를 만"나는 환영에 사로잡힌다.

한은 가슴에 사무치는 것, 그러므로 한은 영혼 깊은 곳에 응결되기 마련이다. 이 응결은 "내가 죽어 탑이 되고 싶다"에서처럼 '탑' 이라는 가시적 대상으로 나타난다. 시인은 자신이 장차 죽어서도 그 "탑신 위로 철심을 길게 세우고/ 그리움을 교신하는 그런 안테나가 되고 싶다"라고 털어놓는다. 영적 안테나를 통해 두 연인이 서로 주고받는 사랑의 메시지가 소쩍새의 울음소리에 실려 온 숲을 가득 채우고 있는 듯하다.

이러한 사별의 정한은

> 구름을 모아모아 비를 만들고
> 임 계신 지구에 종일 뿌리면
> 임은 그 비 맞고 내 눈물인 줄 알까
> 그 눈물 가슴 헤집고 뼛속까지 퍼지면

변치 않는 내 사랑인 줄 알까
찬 기운 구름 섞어 눈을 만들고
지구 산천에 종일 뿌리면
임은 그 눈 먹고 내 아픔인 줄 알까
염내 나는 눈물이 내 통증인 줄 알까
변함없는 내 사랑인 줄 알까

-「천상연가」 부분

에서와 같이 천상의 임에게서도 예외가 아니다. 시인의 연인은 죽어서 천상의 별 하나가 되어 지상을 비추며 바라보고 있다. 그녀에게도 지상에 있는 연인(시인)이 사무치게 그리운 것은 마찬가지이다. 그래서 그녀는 "구름을 모아모아 비를 만들고/ 임 계신 지구에 종일 뿌리" 면서 그 비가 자신의 '눈물' 임이 지상의 임에게 전해지길 바란다. 또한 "그 눈물 가슴 헤집고 뼛속까지 퍼지면/ 변치 않는 내 사랑"과 같은 마음도 전하고 싶어 한다. 더욱이 찬바람 몰아치는 겨울이 되어 이 지상에 온종일 눈이 내리면 "임은 그 눈 먹고 내 아픔인 줄 알까/ 염내 나는 눈물이 내 통증인 줄 알까"라고 되뇌며 변치 않는 사랑에 따르는 고통을 언표하고 있다. 사랑의 통증, 그것은 짝을 잃어 "피 울음을 우는 것(「안개」)"이나 "짝이 기우니 고통(「혼강에서 우는 새」)"과 같은 것, 아니면 "세 번 쪼면 십 년이 원통한 듯(「접동 그대」)" 가슴에 사무치는 정한의 표상이다.

하지만 맺힌 한에만 견인되어 생을 무력하게 보낼 순 없다. 시인은 이 결한結恨을 '인생의 새로운 출발' 을 통해 풀어보고자 한다.

검은 양복에 검은 구두
넥타이 정장하고 장가가던 날
동박새 한 마리
예식장 벽, 할로겐 등 위에 앉아 있다
성혼선서를 하자 눈물을 글썽인다
반지를 교환하자 눈물을 쏟아낸다

신혼여행을 갔다
이른 아침, 바닷가로 난 창문을 열었다
나뭇가지에 동박새 한 마리
화들짝 바다 위 창공으로 날아간다
눈에서 자꾸 멀어진다
내 눈에 눈물, 수북이 고인다

-「장가가던 날」 전문

시인은 아픈 기억을 접고 "검은 양복에 검은 구두/ 넥타이 정장하고 장가가던 날" 을 맞이하게 된다. 이때 '동박새' 한 마리가 "예식장 벽, 할로겐 등 위에 앉아 있" 다가 "성혼선서를 하자 눈물을 글썽" 이고 있다. 동박새, 왜 갑자기 그 새가 등장한 것일까? 그 새는 바로 사별한 연인의 넋이 환생한 것이 아닌가. 즐겁고 경건한 혼례식에 슬픔 하나가 용해된다. 그 동박새는 신혼여행지에서도 "이른 아침, 바닷가로 난 창문" 밖 나뭇가지에 앉아 있다가 "화들짝 바다 위 창공으로 날아"가고 있다. 연인의 가슴에 이루지 못한 사랑이 한 마리 작은 새가 되어 맑은 하늘로 날아가고 있는 것이다.

그런데 그 새의 등장을 슬픔만으로 이해할 수는 없다. 왜냐하면 '꿀' 과 꽃의 '수정' 을 매개로 동백꽃과 서로 상생하는 이 동박새는 '고결한 사랑' 이라는 꽃말과 연관되어 있기 때문이다. 따라서 이 작은 새의 등장은 현세에서 못다 한 사랑의 완성과 그 승화를 의미함과 동시에, 인생의 새 출발을 하는 임(시인)의 앞길을 축복하는 상징성을 지닌 것으로도 이해된다. 따라서 시인의 눈에 떨어지는 "눈물" 은 사별한 연인에 대한 애틋한 사랑의 발로이기도 하지만, 자신의 새로운 출발을 기꺼이 하례해 주는 것에 대한 감사의 표시로도 읽혀진다. 시인이 체험한 비극적 사랑은 이처럼 '만남→사별→재회에 대한 소망→꿈을 통한 재회→정한→슬픔의 승화' 라는 과정을 통해 막을 내리고 있다.

4. 설화적 상상력과 불변의 사랑

이번 시집에서는 특이하게도 우리나라의 옛 설화나 역사 속에 숨겨진 스토리를 배경으로 하여 남녀 간 애정을 표현하고 있는 시들이 눈에 많이 띈다. 백제 무왕과 신라 선화공주와의 사랑을 주제로 한 「선화공주」, 고구려의 바보 온달과 평강공주와의 사랑을 차용하고 있는 「공주를 기다리며」, 신라 김유신 장군의 여동생 문희와 김춘추 사이에서 맺어진 인연을 사랑의 아픈 통과의례로 보여준 「문명왕후」, 조선 시대 중종 임금과 궁에서 쫓겨난 단경왕후 간의 애달픈 사랑을 다룬 「치마바위, 무명치마」, 연오랑과 세오녀의 곡진한 부부애를 형상화한 「세오녀」 등은 모두 남녀 간의 애틋한 사랑을 중심으로 하고 있다. 이 중에서 특히 다음 시는 아주 인상 깊게 다가온다.

어깨가 저리다
가슴도 조여 온다
국사國事의 무거움과 대신들의 숱한 간언들
판단이 흐려질 때 경회루에 올라 인왕의 솔향을 마신다
죽어서도 변치 않는 사랑이 있고
살아서도 변하는 게 사랑이지만
이별이 길어지니 짐의 사랑도 변할까 두렵다
가끔은 여기 올라 옛 추억에 잠긴다

산 바위에 내걸려 펄럭이는 무명치마 자락이 갈수록 가물거리니
몸이 늙어지면 사랑도 식을까 두렵다
사가私家의 삶 십 년, 차라리 그녀와 범부로 살던 때가 그립다
상처 받은 또 다른 영혼아, 살아생전 다시 볼 수 있을까
곤룡포 벗고 달려가고 싶다, 너에게로

-「치마바위, 무명치마」 전문

역사적 사건과 설화가 융합된 이 시의 내용을 통해 비극적 사랑의 아픔을 느낄 수 있다. 이 시에서 시인은 사별한 연인에 대한 안타까운 심정을 '중종(조선 제11대 임금)' 이라는 페르소나를 통해 간접적으로 토로하는 전략을 취하고 있다. 그러니까 시인은 중종이라는 인물에게 자신의 감정을 이입하여 이루지 못한 사랑의 아픔을 공유하고 있는 것이다. 염량세태炎凉世態라고 할까. 세상인심과 사람의 마음은 환경에 따라 자꾸 변할 수가 있다. 임금의 말처럼 "죽어서도 변치 않는 사랑이 있고/ 살아서도 변하는 게 사랑" 일 수 있다. 하지만 이런 가변적인 마음을 임금은 제일 두려워한다. 그래서 임금은 첫 부인과의 사랑을 잊지 않고자 "사가私家의 삶 십 년, 차라리 그녀와 범부로 살던 때" 를 간절히 그리워하고 있다. 이 그리움은 "상처 받은 또 다른 영혼아, 살아생전 다시 볼 수 있을까/ 곤룡포 벗고 달려가고 싶다, 너에게로" 라는 말에서 극대화되고 있다.

임금이 자신의 지위를 버리고 범부로 돌아가 변치 않는 참사랑을 누려보고 싶다는 것은 사랑의 고결함과 그 소중함을 다시 한번 일깨워 줌이다. 임금의 이 같은 간절한 마음처럼 시인의 심정 역시 천상의 연인에게로 달려가 함께 영원한 사랑을 향유하고 싶은 것이다. 사별한 연인에 대한 사무치는 그리움을 우리의 옛 설화들까지 차용하여 애틋한 스토리로 엮어가는 시인의 마음이 애잔한 울림으로 다가온다. 설화는 민간에 구전되는 문학의 한 갈래이다. 그 설화에는 서민들의 꿈과 희로애락이 가장 진솔하게 반영되어 있다. 그러므로 시인이 일상의 범부들에게 친화감을 주는 이 설화를 통해 자신의 애끓는 연정을 표현하려 했다는 것은 의미심장하다.

최규목 시인의 이번 시집은 자신의 실존적 처지에서 체득한 다양한 경험들을 발효시켜 여러 갈래의 주제로 드러내 보이고 있다. 고향 회귀 의식과 혈육의 죽음에 대한 정서, 자아성찰과 인간 심리의 심층에 자리 잡은 보편적 그리움, 설화적 배경을 통한 사랑의 고결함 등 다채로운 문양文樣으로 자신의 시 세계를 선보이고 있다. 하지만 그 중심은 무어라 해도 『통증연가』라는 시집 제목이 암시하듯 비극적 사랑의 통점痛點에 깊게 새겨진 정한이다. 영혼의 깊은 곳을 찌르는 연인의 참혹한 절명에 대한 기억과 그 고통스러운 예각銳角은 시인의 가슴을 아프게 파놓았지만, 이 통한 속에서도 그는 천상과 지상의 영적 교류를 갈망하며 이루지 못한 사랑의 승화를 실현하고자 한다. 이를 통해 최규목 시인의 시가 어두운 기억의 지평을 초극하여 앞으로 더욱 눈부신 빛의 파장으로 이 세상에 분광되기를 기대해 본다.